漱石とその周辺

100年前のロンドン

清水一嘉
Shimizu Kazuyoshi

松柏社

まえがき

今から百年前のロンドンを想像するのはほとんど不可能である。写真や絵や同時代に書かれた文献を参照することによって幾分かは知ることができる。しかしタイムマシーンに乗っていくほどにリアルなロンドンを知ることはできない。以下私が書いていることも、事実であって事実ではない。そこに大いなるジレンマを感じざるを得ないが、私は考えた。現代のイギリスをよりよく知ることから始めたらどうかと。

以後、私は一〇年以上にわたって夏休みを利用してイギリスに渡り、数週間オックスフォードで暮らし、イギリス人の生活を体験した。ダイアナ妃が亡くなった時にも出くわしたが、ラジオやテレビが終日ニュースを流し、新聞や週刊紙やその他あらゆるメディアが死を悼み、それが数日続いた。私はその渦中にいてイギリス人の心情の一部に直接触れたように思った。かれらは寡黙であった。オックスフォードの目抜き通りコーン・

マーケット通りはいつも人々が群れ、ストリート・ミュージシャンが陽気な音楽を奏でていたが、町は静かであり、人は口を閉ざし寡黙であった。

私の宿舎であるペンブルック・カレッジのジョフリー・アーサー・ビルディングからボドリアン・ライブラリーに行くとき、必ず通るコーン・マーケット通りであるからその違いがよくわかるのである。さてそこで、私が通うボドリアン・ライブラリーに話を移すが、私はこのライブラリーにほとんど毎日通っていた。

この図書館は本文にも書いたが、見たい読みたいと思った本はほとんど間違いなくある。オーダーを出せば数時間後に必ず書庫から取り出してくれるのである。この点、ロンドンのブリティシュ・ライブラリーと同じだが、蔵書量ではさすがは後者に及ばない。そこでオックスフォードにない本はロンドンに行けばよいのである。

さて、ボドリアン・ライブラリーから受けた恩恵は並大抵のものではなかった。その成果のいくつかが、この本の数章を占めている。例えば、ユキオ・タニを扱った章などこの図書館がなければとうてい書けなかっただろう。二〇世紀初めに出た文献に次々と当たり、ようやく若き日のタニの写真を見つけたときの喜びは他には代えがたい。

同じようなことは、ファーニヴァル博士についても、ピンポンをする漱石についても、挿絵画家の復権の章についてもいえる。それればかりではない。この本のどの章についても大なり小なり同様のことがいえるだろう。

これは要するに、私がボドリアン・ライブラリーを自分の書斎のように利用していた結果だということもできる。オーダーする本は何冊でもいいし、使用する机の上には山のように積み上げてもよい。コピーは自分でとれるし、古い文献についてもコピーを依頼すればしばらくすると出来上がってくる。

さて、このようにして書かれた私の文章でも、同時代の姿をそのまま再現することはできていない。ピンポンに興じた百年前の漱石や同宿の女子学生や下宿そのものも想像するだけである。しかしながら、多くの同時代の文献に当たり挿絵や図版を参照することを重ねることによって多少なりとも真実の姿に近づくことはできるだろう。それを可能にしてくれる図書館を私はかぎりなく貴重なものと考える。図書館ばかりでなく、オーダーを受け、地下の膨大な蔵書から本を探し出してくれる図書館員にも心から謝意を表したい。

目次

漱石とその周辺

一〇〇年前のロンドン

第一章

漱石あれこれ

グルーズの絵と漱石

ロンドンの「ウォレス・コレクション」には本国フランスのルーブル美術館にまさるとも劣らぬすぐれたフランス人画家ジャン・バプティスト・グルーズ（一七二五〜一八〇五）の絵（総数二一点）がある。

じつは夏目漱石もいまから百十数年前にここを訪れ、これらの絵を見たと考えられる。そのことはロンドン日記に記されていないが、この「コレクション」は漱石が毎週火曜日に通ったグロスター・プレースのクレイグ先生のフラットからほど遠からぬところにあり、その気になればいつでも行ける距離にあった。ちなみに「漱石山房蔵書目録」を見ると、フレデリック・ミラー著『ウォレス・コレクションの絵画』（一九〇二年刊）という本があり、これは漱石がここを訪れたとき、直接買ったものだと考えられる。

さて、漱石がグルーズに言及するのは、『三四郎』のなかで美禰子を描写するつぎのくだりである。

ヴォラプチュアス！　池の女のこの時の目付を形容するにはこれよりほかに言葉がない。何か訴えている。艶なるあるものを訴えている。そうしてまさしく官能に訴えている……甘いものを耐え得る程度を超えて、烈しい刺激と変ずる訴え方である。甘いといわんよりは苦痛である。……見られるもののほうがぜひ媚びたくなるほどに残酷な目付である。（四章）

三四郎は美禰子を見て、二、三日前、美学の教師に見せてもらったグルーズの絵と、かれが描く「女の肖像はことごとくヴォラプチュアス（官能的）な表情に富んでいる」という説明を思い出した。美禰子はグルーズの絵と重ね合わせて描かれているのである。

そのことで私が注目したいのは、ここに掲載する「無垢」および「悲しみの習作」と題する二枚の絵である（図版1、2）。これらはともにグルーズの代表作だが、それだけにとどまらない。右に引用した美禰子像の造形に少なからぬ影響を与えたのがこれらの絵ではないかと私には思われる。べつの個所で漱石は美禰子をつぎのように描写する。

突然首を少しうしろに引いて、まともに男を見た。二重瞼の切長の落付いた恰好である。……肉は頬といわず顎といわずきちりと締まっている。骨の上に余ったものはたんとないくらいである。それでいて、顔全体が柔かい。（三章）

さきの引用といい、この引用といい、漱石は仕事机のすぐそばにこれらの絵を置き、ジッと見つめながら執筆したのではないかと思われる。どうみても昔見た絵のあれこれを漠然と思い出しながら書いたものではない。事実、この二枚の絵は前掲『ウォレス・コレクションの絵画』のなかにそれぞれ全面一ページ大の大きさで掲載されている。

それればかりではない。「無垢」の絵のなかで、娘が大切そうに抱えている小さな動物を見ていただきたい。この可愛げな動物はいうまでもなく子羊である。これを見て私たちがすぐに思い

図版1　グルーズが描いた「無垢」

図版2　同「悲しみの習作」

出すのは美禰子の口から出たあの「ストレイ・シープ」（迷羊）という言葉である。

三四郎は池の端で初めて見た美禰子に心ひかれる。美禰子はグルーズの絵のように肉感的で目の大きい美貌の持ち主である。加えて女性の自覚と才能に富み、近代的なセンスにも恵まれている。他方遠く熊本から上京してきた三四郎は、「活動の激しい東京」に驚き、これが「現実世界」だとすると、これまでの自分は「洞が峠で昼寝をしたと同然」だと嘆息する。

これは遠く日本からイギリスに渡った漱石自身の感慨でもあっただろう。美禰子は自分に思いを寄せる三四郎に気づかないはずがない。しかし三四郎はしょせん弟のような存在で、ときにはやさしく抱きしめてやりたくもなる「甚だ不安」なストレイ・シープにすぎなかったのである。

ひるがえって、近代都市ロンドンに渡り、「群狼に伍する一匹のむく犬の如くあわれなる生活」（『文学論』序）を営んだわが漱石は、どうであったろう。「ウォレス・コレクション」で美しい娘に抱かれた子羊を見て、自らを子羊に擬して考えることはなかっただろうか。そのとき漱石自身もまた、哀れな一匹のストレイ・シープにすぎなかったのである。

漱石とスティーヴンソン

漱石がもっとも愛読した英米作家のひとりが、ロバート・ルイス・スティーヴンソン（一八五〇—一八九四）（図版1）であったことは漱石自身が随所で触れている。「予の愛読書」のなかでは、「僕はあのスティーヴンソンの文が一番好きである。力があって簡潔でクドクドしい処がなく女々しい処がない。ハキハキしていい心持がする。……『バラントレー家の世継ぎ』などは文章が実に面白い」と述べているし、「予が裨益《ひえき》せし書籍」でも、スティーヴンソンが好きなのは、「文章に力があってまだるっこくない」からだという。『英文学形式論』ではさきの『バラントレー家の世

図版1

継ぎ』の文章が「面白い」理由を詳しく分析しているし、『文学評論』ではデフォーの『コロネル・ジャック』とスティーヴンソンの『カトリオナ』の一節を比較して、後者の叙述は「鋭い神経が働いて」「活きている」が、前者は「単調」で「霊火」がなく、両者の差は「金貨と銀貨の差」に等しいという。要するに、無駄がなく、きちっと引きしまって、生き生きとした文章が漱石の好みに合ったのである。——ちなみに、漱石の英文学関係の蔵書六四〇点中スティーヴンソンは一四点を数え、これをスコットの一六点、シェイクスピアの一二点、ミルトンの一〇点などとくらべるとその傾倒ぶりがよくわかる。主要な作品にはそれぞれ漱石自身の（英語による）欄外書き込みもある。

しかし、漱石がスティーブンソンに引かれたのはおそらく文章の「面白さ」だけではなかっただろう。「弁護士から作家になったスティーヴンソン、教師から作家になった漱石、そして生涯、人の心の奥底にひそむ善と悪の問題を追求した漱石、ジーキル博士等でやはり人間の善と悪を扱ったスティーヴンソン、冒険と奇を好んだスティーヴンソン、異常さや個性的なものの強さを愛した漱石、という具合にこのふたりには共通点が多い」（小玉晃一）こともたしかである。

漱石が初めてスティーヴンソンに接したのは高等学校の学生のころだと思われるが、

本格的に読み始めたのは、明治三三年（一九〇〇）ロンドンに留学してからのことである。スティーヴンソンはその六年前（一八九四）この世を去っていたが、さいわい漱石留学前後からキャッセル社の廉価版叢書が出はじめたこともあって、漱石はそれらをつぎつぎに買って読んだようである。翌一九〇一年にはメスエン社からグレアム・バルフォアの浩瀚《こうかん》な『スティーヴンソン伝』（二巻）も出ている。（ただし「漱石山房蔵書目録」には見当たらない。）

ところで、ロンドンでの漱石は「英国紳士の間にあって狼群に伍する一匹のむく犬」のごとき「もっとも不愉快」な二年間を送った。一年間は「英文学に関する書籍を手に任せて読破」し、つぎの一年間は「いっさいの文学書を行李の底に収め」、下宿にたてこもって『文学論』の準備に没頭する。それもあってか「神経衰弱」が嵩じて、やがて「夏目狂せり」というニュースが日本にまで伝えられる。

そうしたなか、漱石は帰国直前の一九〇二年一〇月、スコットランドの高地地帯（ハイランド）の小さな一寒村ピトロクリを訪ね、招待者であるJ・H・ディクソンの「ダンダーラック・ハウス」に「三週間前後」（稲垣瑞穂『漱石とイギリスの旅』）滞在する。漱石のイギリス滞在期間中もっとも心やすまる平穏な日々であった。（ちなみに、J・H・

ディクソンについてはすでに詳細な調査がなされているが、ディクソンと漱石の関係についてはいまだに不明である。）

さて、ここでもう一度さきのスティーヴンソンに話をもどそう。早くから胸を病んでいたスティーヴンソンは療養のため各地を転々とし、一八八一年にはスイスのダヴォスに六か月滞在する。その後郷里エディンバラに帰ると日ならずしてピトロクリに赴き、六月から八月までの二か月間をそこですごす。漱石が訪れるちょうど二〇年前のことである。

ダヴォスのホテルの狭い部屋はスティーヴンソンを「密室恐怖症」に似た状態に陥れ、仕事もろくにできないありさまであった。しかしピトロクリの山腹にあるモダンな「キナード・コテージ」に落ち着いてからは、天候の不順をのぞいてすべてが快適であった。スティーブンソンは書簡のなかで書いている（前記『伝記』）。

狭い緑の渓谷を小川が流れている。黄金色、緑、雪の白さをちりばめた美しい小川である。渓流はあちこちで高くまた低く歌声を奏でつつ、模型のごとき絶壁を乗り越え、波うちながら岩壁と滝壺の迷路のなかに死場所を求めてゆく。これほどに甘美な小川がまたとあろうか。背後には一面紫色の原野が広がり、その涯にはベン・ヴラッキー山が屹立する。

「ピトロクリの谷は秋の真下にある」で始まる漱石のエッセイ「昔」をどこか思わせるような文章である。心の満足を得たスティーヴンソンは、この間三編の短編小説「ねじけジャネット」「死骸盗人」「陽気な連中」をたてつづけに書いている。

漱石が心身の疲労から平穏と安らぎを取りもどしたピトロクリ、スティーヴンソンが不安定な精神状態から創作への意欲を充実させたピトロクリ……そのピトロクリを時間的にはともかく、空間的に両者が共有したという事実、これは単なる偶然といえるであろうか。たとえ偶然であったとしても、まことに奇しき縁といわねばならぬ。

「Dr. Furnivall ニ遇フ」

一九〇一年一月にクラレンドン・プレスから一冊の本が出版された。タイトルは『イングリッシュ・ミッセラニー――ファーニヴァル七五歳の誕生日を祝して』。目次を見ると総勢四九人が論文を寄稿しており、巻末にはファーニヴァル博士の「著作目録」とA・W・ポラードによる「誕生祝賀会報告」、そして最後にこの本の「協賛者名簿」が掲載されている。その名簿にリストされた二四七人のなかには、それぞれ学会、文壇、出版界、書籍業界を代表するひとたちが含まれている。

この本が出版されるまでにはつぎのような経緯があった（以下、前記「誕生祝賀会報告」による）。一八九九年七月二二日、ファーニヴァル博士の数人の友人――主として文学専攻の教え子や大学教授――がイギリス書誌学会の部屋に集まった。七五歳の誕生日をどのように祝ったらよいかを話しあうためである。

その結果、お祝いとしてまず記念品を贈呈すること（具体的には博士の好きなボート一艘）、つぎに誕生を祝して記念論文集を出版すること（その編集にはロンドン大学、オックスフォード大学、ケンブリッジ大学を代表してケア教授、ナピア教授、スキート教授が当たる）。そして最後は博士のライフワークともいうべき初期英語テキスト協会のために特別基金を募集すること、というものであった。……これが経緯である。三本立ての博士のお祝いのひとつがさきの記念論文集の出版であった。

ところで、ファーニヴァル博士とは誰か（図版1）。博士が広く英文学研究に貢献し、個人的にはボートの愛好家であることはわかる。しかし、博士の経歴や業績、ひととなりをもう少し知りたい。そこで、以下『国民伝記辞典』、ジョン・マンロー編『フレデリック・ジェイムズ・ファーニヴァル――個人的な記録』などを参照しながら述べるとつぎのようになる。

フル・ネームはフレデリック・ジェイムズ・ファーニヴァル。一八二五年に開業医を父として

図版1

生まれ、ロンドン大学ユニヴァーシティ・カレッジ、ケンブリッジ大学トリニティ・ホールを卒業。一時法律家を志すが中途で挫折。その頃ジョン・マルコム・ラドローを知るようになり、かれを通じてキリスト教社会主義運動に参加し、ラドローその他の仲間と一八四九年に貧困階級の学校を作り、一八五二年に労働者を教育するする目的で労働者協会を組織する。

これらの努力の結果生まれたのが、一八五四年の労働者学校であった。この学校へのファーニヴァルの情熱は並大抵のものではなく、ほとんどの時間を学校で過ごし、教室では英文法とチョーサーからテニソンにいたる英文学を教えた。ボート・クラブを作ったのはかれの趣味の産物であった。

他方、若い頃から言語学に興味を示し、一八四七年に言語学協会に入会、一八五四年には秘書となり――労働者学校設立の年である――生涯その任に当たり、会合での毎回の研究報告を克明に記録した。その間、スペリング改良運動に参加、自らも改良文字を使って文章を書いた。一九五八年末には、トレンチ大司教の勧めで英語辞書の編纂を始める。

これは初め一八世紀のジョンソンとリチャードソンの辞書の補遺の作成を目指したが、

まったく新しい英語辞書を作るべきだというファーニヴァルの主張が通り、初代編纂者ハーバート・コールリッジが死んだあとを受けてかれが編纂者になった。

この辞書のほかにもうひとつ小型のコンサイス英語辞書の作成を計画し、断続的だが精力的に仕事をつづけた。しかし多忙ゆえに思うように進まず、けっきょくオックスフォード大学出版局に譲渡、出版局はジェイムズ・マレイ博士を編纂者として指名した。しかしファーニヴァルは最後まで資料収集の協力を惜しまなかった(これがのちに『オックスフォード英語辞典』に結実する)。

その間、かれの興味は初期および中期の英文学に向かい、まだ印刷されていない写本をリプリントするという壮大な計画をたてた。ファーニヴァルの計画を評価したロクスバラ・クラブはかれの編纂による写本のリプリントを何編か出し、マクミラン社からはハーレー写本をもとにした『アーサー王の死』を出した。

一八六四年、もっと効果的に仕事をするために初期英語テキスト協会を設立し、以後協会が英語英文学研究の発展に寄与した功績は大きい。当初は中世写本のリプリントの出版が中心であったが、一八六七年から初期の印刷本をも対象に入れ、ファーニヴァルが死んだとき、その数はオリジナル・シリーズで一〇七冊に達していた。古い文学をそれ自身として評価し、その出版によってイギリス文学の研究、ひいてはイギリス社会史の研究に寄与することは国民的義務だとかれは考えたのである。

しかし、これで満足するファーニヴァルではなかった。古い文献を漁るうちに多数の写本に出会い、それらを作家別に取り扱う必要からチョーサー協会、ウィクリフ協会を設立する。一八六八年に設立したチョーサー協会の主な仕事は、現存する写本の校訂を通して詩の正確なテキストを作り、内的外的な証拠によってチョーサーの詩の制作時期を特定することであった。チョーサー研究はこれを機に新たな展開を見せることになる。

ついでかれの興味は近代に及び、J・W・ヘイルズとの共編で『パーシー・バラッド』のフォリオ写本三巻を一八六八年に出版する。このとき忘れ去られた膨大なバラッド・コレクション刊行の必要性を痛感しバラッド協会を設立する。かくして大英博物館のロクスバラ&バグフォードのバラッド・コレクションは日の目を見ることになった。

つぎにファーニヴァルはさきにチョーサーに適用した方法をシェイクスピアに適用することを考え、一八七三年に新シェイクスピア協会を設立する。目的はシェイクスピア劇の制作年代および順序を推定し、作品と時代に新たな光を当てることにあった。前年「シェイクスピアの作品制作順序と数量的検査の適用」と題する論文を発表、後者の数量的な検査の部分を協会のおもな仕事に位置づけようと考えた。

しかし、これは審美的批評家たちの嘲笑の的となった。初めファーニヴァルの仕事を評価していたスウィンバーンも協会の機械的な批評方法を不満とし、かれとその仲間を「疑似的シェイクスピア学徒」呼ばわりした。結果、多くの会員が脱会し会の機能は麻痺するが、その後さらに一八九〇年までつづけ、その間出した出版物には学術上貴重なものが多数含まれていた。

一八八一年にはブラウニング協会を設立する。第一回の会合は一八八一年一〇月二八日に行われたが、多くのひとの失笑を買った。しかし、ファーニヴァルとその仲間の努力の結果、限られた読者にしか知られていなかった詩人を多くの読者の手に渡すことに成功した。ブラウニングはそれを多とし大いに感謝したという。

ファーニヴァルが最後に設立したのはシェリー協会である。シェリーには特別の思い出があった。父はシェリーの妻メアリーの主治医であり、その父からよくシェリーの話を聞いていたからである。協会は一八八六年から一八九二年まで存続し、その間多くのオリジナル詩作品を刊行した。

――一八八四年、とりわけドイツで名声の高かったファーニヴァルはベルリン大学から名誉博士号を授与される。一九〇一年にはオックスフォード大学から名誉文学博士号を授与され、翌年ブリティッシュ・アカデミーの初代会員に選ばれる。ここにいたって、ファーニヴァルはイギリスにおける英文学研究の頂点に立った感がある。飽くことを知らぬ情熱と精力的な活動によって数々の協会を設立し、未刊のオリジナル写本を刊行し、英語の歴史的研究と中世から現代にいたる英文学研究の発展に貢献した功績は計り知れないものがある。

それればかりではない。ファーニヴァルは自分が知り、かつ所有しているものは何でもそれを求めるひとに惜しみなく提供した。相手がほんの駆け出しの学者であってもそれは変わらない。若いかれらはファーニヴァルの熱い共感と激励をうけて仕事を進めることができたのである。かれが示した奇行、不作法、短気、直情、横柄等々はこれによって帳消しになろうというものである。――以上がファーニヴァル博士の経歴、業績、人となりである。

さて、私はさきを急がねばならない。じつはこのイギリス英文学会の泰斗ともいうべき人物に会ったひとりの日本人英文学者がいたのである。いうまでもなく夏目漱石である。当時イギリス留学中の漱石はその日の日記につぎのように記している。

Dr. Furnivall ニ遇フ、元気ナ爺サンナリ（一九〇一年九月一三日）

博士の七五歳の誕生祝賀会（一九〇一年二月五日）のおよそ七か月後のことである。漱石は、あるドイツ人学者（アロイス・ブランドル）が自らの経験を語っているように、かれも「セント・ジョージ・スクエア三番地の自宅に招かれ、ティーと簡単な昼食のもてなしを受けながら、主人との会話を楽しんだ」ものと思われる。そして、博士のもとを辞するとき、「高価な本をプレゼントされた」かもしれない。

この日、博士は自分の歳の半分にも満たない遠来の客を前にして格別意気軒昂であったように見える。そして、いつものようにかれが示す共感と激励は決して押しつけがましいものではなかったはずである。漱石はこのような「元気ナ爺サン」を前にしてクレイグ先生に接したときと同様の好意と親しみを感じたに違いない。そうでなければ、博士の死を知った一九一〇年一〇月一五日の日記に「Dr. Furnivall ノ死　七月九日

ノ *Athenaeum* ニ Saturday トアリ」とあえて記すことはなかったであろう。

漱石が博士に会うきっかけを作ったのはヘイルズ教授であろう。ヘイルズ教授とはJ・W・ヘイルズ（一八三六—一九一四）のことで、かつて博士が『パーシー・バラッド』のフォリオ写本を刊行したときの共編者であり、博士の誕生祝賀会の実行委員のひとりであった。一方漱石とヘイルズの関係は、漱石が熊本の第五高等学校の依頼で外国人教師を探したとき相談したのがほかならぬヘイルズであった。

一九〇一年五月二九日の「Hales (Prof.) ヘ手紙ヲ認ム」から六月一〇日の「King's College ニ至リ Prof. Hales ニ面会ス」の記述まで七回日記に登場し、漱石全集のヘイルズの注には「ロンドンのキングズ・カレッジ教授。シェイクスピアに関する論集としては、*Notes and Essays on Shakespeare*（一八八四）がある」と記されている。

漱石がヘイルズを知った経緯は簡単である。漱石に講義の聴講を許し、クレイグ先生を個人教授として紹介したケア教授を介してであったことはほぼ間違いない。ケアはカレッジは違うがヘイルズと同じロンドン大学の同僚であり、祝賀記念の実行委員長でもあった。かくしてケア、ヘイルズ、ファーニヴァルの線はつながり、その線は必然的に漱石につながってゆくのである。ちなみにヘイルズとファーニヴァルは同じプリムローズ・ヒルの住人であった。

それにしても、英文学研究の頂点に立つファーニヴァル博士の知遇を得ながら、なぜ漱石はもっと深くイギリスの英文学会にコミットしようとしなかったのか。その答えは、しかし、留学二年目の漱石を見れば自明であり、多くを論じる必要はないと思われる。

漱石が会った九年後の一九一〇年七月二日にファーニヴァルは死ぬ。多くの同僚、友人、学生たちの見送るなかゴールダース・グリーンの墓地に葬られた。享年八四。翌年、追悼文集『フレデリック・ジェイムズ・ファーニヴァル——個人的な記録』（一九一一）がオックスフォード大学出版局から刊行され、友人知人四九人が思い出を語り、協賛者として二四七人が名を連ねた。

漱石のロンドン――ブレット家の七か月

二〇〇二年一月の初め、日本の新聞にロンドンからとどいたニュースが一斉に掲載された。「百年前の漱石の下宿記録見つかる」というものである。これは一九〇一年に実施された国勢調査の原本が初めて情報公開された結果によるもので、当時漱石はロンドンへ来て三度目の下宿、すなわちテムズ河の南岸カンバーウェル地区のフロッデン・ロード六番地のブレット家に下宿していた。

この家にいたのは一九〇〇年一二月二五日頃から一九〇一年四月二五日までであるから、国勢調査が行われたのはここに来てまもなくの一九〇一年一月頃だったと考えられる。その後漱石は一家とともにツゥーティングに移り住み、七月一九日までほぼ七か月間ブレット家に下宿した。

見つかった「漱石の下宿記録」というのは、おもにブレット家の家族構成に関するものである。このことは漱石の書簡などから大体のことはわかっていたが、今回初めて公式文書によって明らかにされたのである。

それによるとブレット家はハロルド・ブレット氏を筆頭にその妻セーラとセーラの妹のキャサリン・スパローの三人からなり、ほかに下宿人としてK・ナツメ（漱石）、イザベラ・ロバーツ、コータロウ・タナカ（田中孝太郎）の三人がいた。今回初めて明らかにされたのが家族の年齢で、ブレット氏は二五歳、妻のセーラは四〇歳、妹のキャサリンは三六歳である。妻と妹は下宿を始める前この家で女学校をやっていたので、かなりの年齢であることは予想できたが、夫のハロルドが妻より一五歳も年下であるとは思いもよらぬことであった。二五歳といえば漱石よりも九歳年下のまだ青年といえる年齢である。その青年が四〇歳の女性と結婚するにいたった経緯はもちろん不明である。

いえることは、イギリスは昔から女性より男性が少なく、結婚できない女性が（とくに中流階級のあいだで）多かったこと、加えてちょうどその頃イギリスは南アフリカでボーア戦争を戦っており、多くの男性が義勇兵として戦場に赴き、よけいに男性が少なかったということもある。さいわい結婚にいたる女性は相手の年齢を考える余地などなかったのであろう。

それにしても漱石はふたりの年齢差に気づかなかったのであろうか。何ごとにも好奇心旺盛な漱石である。ふしぎといえばふしぎだが、おそらくブレット氏が（禿げていたかなにかで）極端に老けて見えたか、妻の方が特別若く見えたかしたのであろう。概して西洋人の年齢をいい当てるのは難しい。

この若きブレット氏は日本人びいきで、漱石と一緒にヴィクトリア女王の葬列を見に行ったり、夜近所の劇場に芝居を見に行ったりしている。このとき上演していた『ロビンソン・クルーソー』を見て「これは真にあったことなりや小説なりや」と聞かれて漱石は唖然とし、「亭主もいい奴だがすこぶる無学で書物など読んだこともあるまい」と友人宛の手紙に書いている。

妻のキャサリンについては「姉の方たるや少々お転だ。――小生の気に入らない点を列挙するならば、第一生意気だ。第二、知ったかぶりをする、第三、詰まらない英語を使ってあなたは此字を知って御出ですかと聞くことがある。一々勘定すれば際限がない」（「倫敦消息」）とかなりぎびしい。これにたいして妹の方は「極内気な大人しい而も非常に堅固な宗教家で、我輩は此女と家を共にするのは毫《すこし》も不愉快を感じない」（同）と好意的である。

ところで、この国勢調査にはもうひとりの住人ペンも記載されている。ペンというのは一家がそう呼んでいた女中のことで、辞書を見るとペネロプとかペニナの短縮形（愛称）だと書いてある。このペンについては「倫敦消息」のなかでかなりくわしく書いており、「我輩が最も敬服し最も辟易する女の友達の一人」であるという。

最も敬服するのはペンが喘息持ちながら息をせっせとはずませて朝から晩まで懸命に働き、「自分自身に対して毫も気の毒の感じを抱いていない」点であり、最も辟易するのは彼女の話すロンドンの下町なまりの英語（コクニー）が「到底解らない」ばかりでなく、ペンの「襲撃」をしばしば受けるという点である。「ペンに捉って話しかけられたら最後、果してそれが幸福であるか、又飛んだ災難であるか、他人に判断して貰うより外に仕方がなくなってしまう」からであった。

彼女は「夜は四階の天井裏に登って寝る」と漱石は書いているから、この家の住人であったことは確かである。ただ最下層階級出身の彼女はおそらくブレット家ではひとり前の人間として扱われていなかったのであろう。そのようなペンに漱石が特別の感情を抱いていたことは、ブレット家がツゥーティングに移転したときペンがいないことに気づき、「僕はもう円満なる彼女の顔を見ることが出来ない。——僕は憮然として彼女の未来を想像した」と書いていることからも理解できる。漱石が「未来を想像した」ペンとはいかなる女性であったのか、残念ながら国勢調査は何も語ってくれない。

以上のようにブレット家の住人を興味深く観察した漱石は、七か月間滞在する間にほかにもいろいろな見聞をしている。当時の下宿はふつう三食付きであったから下宿代を払えばあとは食べる心配はいらなかった。ブレット家の食事について漱石は「ウチノ下宿ノ飯ハ頗ルマヅイ」と書いているが、そう書きながらも漱石はじつによく食べている。つぎの記述がそれを物語る。

帰りて午飯を喫す。スープ一皿、cold meat 一皿、プッジング一皿、蜜柑一つ、林檎一つ。(三月四日)

今日の昼飯、魚・肉・米・芋・プデング・pine-apple・クルミ・蜜柑。(四月二〇日)

これらは家でとった昼食だが、ときには外食することもあった。クレイグ先生宅へ個人教授を受けに行った日などがそれに当たり、「下宿の飯はまずい」と書く漱石は、たまには外でうまいものを食べたくなったのだろう。あるいはイギリス料理にたいする持ち前の好奇心といえるのかもしれない。つぎは三月五日の日記である。

この日は Baker Street にて中食す。肉一皿、芋、菜、茶一碗と菓子二つなり。一シリング一〇ペンス払う。（三月五日）

この日もクレイグ先生宅の帰り、古本屋で「五〇円ばかり本」を買ったあと食堂に寄っている。漱石にしてはかなり高価な昼食である。私たちはこれらの記述を見て、漱石の健啖ぶりに驚かざるをえないのである。これだけの物が胃のどこに入るのかとふしぎに思うほどの食べ方である。これが胃病で苦しむ漱石かといいたくもなってくる。

じじつ漱石はイギリスへ来て以来カルルスバードと称する胃薬を毎朝欠かさず飲んでいた。これはチェコのカルルスバード原産の薬で、漱石はイギリスに着くとすぐに広告かなにかで見て買い求めたのであろう。この薬がどれほどの効力を発揮したかは疑わしいが、当時の説明書によると、胃病ばかりではなく多くの病気に効くと書いている。胃病については胃の働きを活発にし消化を助けるとあり、漱石の大食ぶりの理由をここに求めることができるが、理由はそれだけではなかった。

というのは漱石はほとんど毎日長距離（およそ四、五キロ）の散歩をしていたからで、これにカルルスバードが加われば腹がへるのはあたり前である。漱石は、しかし、これだけ食べてもまだ空腹はおさまらなかったようである。その証拠に、漱石は家の者がいないすきにときどき地下室（厨房）へ下りて行っている。

四月五日の日記を見てみよう。「五時半より Brixton に至りて帰る。——今日は吾輩一人だ。誰も居ない。そこでパンを一片余慶食った。是は少々下品だった」。パンをひと切れ失敬したのはこのときだけではなかった。

四月二二日にはつぎのように書いている。「誰もあらず。Basement に入りて kitchen や scullery や larder や gas stove を見た」。この日も誰もいなかったから、地下室に下りていって台所や食器洗いや食料置場やガス・ストーブなどを見た。なるほどイギリスは進んでいるなと感心したに違いない。これは漱石の好奇心である。

しかし、地下室へ下りていったのはそれだけが理由だったのだろうか——。ちなみにカルルスバードはいままではどの薬屋にも売っておらず、胃の弱い私などにはまことに残念である。

食事といえば、（自分のことはさしおき）漱石はブレット家の女たちが「一日に五度食事をする」（二月四日）のに驚いている。しかし、これは生活習慣の違いからくるもので、イギリスでは朝、昼、晩の食事のほかに、ティー（お茶）の時間が生活のなかに深く溶け込んでいる。ティーといってもただ紅茶を飲むだけではない。朝食と昼食のあいだ、昼食と夕食のあいだにかれらはティーの時間を持ち、前者では紅茶のほかにビスケット、ケーキ、その他各種のスナックを食べ、後者ではサンドウィッチやコールド・ミートや果物などボリュームたっぷりの物を食べる。子供にとってはこれがじじつ上の夕食である。

このような習慣を知らないひとから見れば、イギリス人は一日中食事をしているように見える。漱石は「日本では米つきでも四度だ」と驚いているが、その代わりイギリスの女性は「朝から晩まで働いている」と書く。このとき漱石は女中のペンのことを念頭においていたものと思われる。

このようにブレット家のなかにいて好奇心の強い漱石は、外へ出ても同様であった。一九〇一年二月二日の日記には「Queen の葬儀を見んとて朝九時 Mr.Brett と共に出づ」

とあり、地下鉄を乗り継ぎ一時間ほどかけてハイド・パークにいたり、寒風の吹くなか待つことおよそ二時間、ようやく葬列がやって来た。

しかし、背の低い漱石は群衆の壁に遮られてなにも見えない。さいわいブレット氏が肩車をしてくれたのでやっと「行列の胸以上」を見ることができた。

そのとき漱石はふしぎに思った。女王の柩は黒布ではなく「白に赤をもって掩《おお》われ」ているのである。たしかにふしぎな光景である。しかし、これはヴィクトリア女王の生前の希望だったのである。女王は夫のアルバート公を若くして亡くし、生涯を喪服で通したが、自分の葬儀には黒色をすべて払拭することを希望したのである。遺骸は白衣で包み、部屋は白で覆い、柩の通る通路は赤で飾るようにというのが彼女の遺言であった。

この日のひとごみと寒さに「閉口」した漱石は、一、二日後に行われた新王エドワード七世の国会開院式には「行かない」と日記に書いている。行けばふたたびブレット氏の肩に乗らねばならず、これはたぶんに屈辱的なことであったに違いない。

ブレット家のあるカンバーウェル地区は、漱石自身が「深川と云ふ様な何れも辺鄙《へんぴ》な処に候」（鏡子宛て書簡）と書いているように、労働者の住宅が多い「汚い処」であり、のちのトゥーティングはもっと「辺鄙な処」だった。しかしその分、通常ではなかなか経験できないようなことを経験することができた。二月一三日には路上で「小児が沢山独楽《こま》を回していた」と書いている。といっても漱石は独楽が珍しかったわけではない。子供たちが回す独楽が「熊本辺ではやる蕪《かぶら》のような木に心棒を通したすこぶる単純なもの」だったのが漱石の注意を引いたのである。イギリスへ来て以来、いち早く近代化をなしとげたこの国を見て、漱石は「日本は真面目ならざるべからず」（一月二七日）「日本は真に目が醒めねばだめだ」（三月一六日）とくり返し書き、日本の立ち遅れに苛立っていた。そのようなイギリスであるから、独楽といえども日本のそれよりはるかに進んでいると思っていたのに、見るとじつに単純である。そこで漱石は「妙に西洋につり合わんと思った」。しかし、独楽の歴史を少しふり返って見ればわかるように、時代の進歩とはかかわりなく独楽はいつも素朴で単純なものである。それに気づいたのだろう、漱石はそのすぐあとでほっとした安堵の気持ちを抱いたものと思われる。彼我の違いのあまりにも激しい世界のなかにいて日々肩身の狭い思いをしていた漱石の前に、日本と同じような、しかもつい最近までそこいた熊本辺の独楽と同じような「単純なもの」がある。それは漱石の心をしばしなごませる光景であったに違いない。

二月二五日の日記にはつぎのような記述がある。「表を歩いていると道をはく奴が礼をした。小さい女の児が丁寧に腰をかがめて"Good Morning"といった。前のは金を貰いたいのだ。後のは意味がわからない」。これを読むと二〇世紀の初頭になってもまだロンドンにクロッシング・スィーパー（四つ辻掃除人）がいたことがわかる。かれらは道行くひとに近づき、馬糞や泥で汚れた道路（雨の日はとくにひどかった）を箒で掃き清めた。もちろん慈善のためではない。なにがしかの金をもらいたいためにやるのである。男女の別なく職のない者がクロッシング・スィーパーに従事したが、なかでも多かったのが子どもである。かれらは一様にぼろを身にまとい、顔や手は黒くうす汚れて、見た目にはほとんどものもらいと変わらない。両者を区別しているのは一本二、三ペンスの箒を持つか持たないかだけである。天気がよく仕事の少ない日には、道を掃く代わりに人前で飛んだり跳ねたり、かれらお得意の曲芸を披露した。漱石の見た「道をはく奴」もクロッシング・スィーパーであり、かれが挨拶したのは「金を貰いたい」ためだったし、女の児が「丁寧に腰をかがめて"Good Morning"といった」のも同じ理由からであった。それを見て「意味がわからない」と考えた漱石は、おそらく少女にもその父親らしき男にも何もやらずに立ち去ったのだろう。ついでにいえば、漱石はものもらいも観察している。三月一四日の日記に「公園にチューリップの咲くのは綺麗だ。その傍のロハ台に非常に汚苦（むさくる）しいものもらいが昼寐をして居る。大変な contrast だ」と書いている。

クロッシング・スィーパーやものもらいの多いカンバーウェル地区にはパブ（大衆酒場）も多かった。三月六日の日記に「英国で女の酔漢を見るは珍しくない。Public House などは女で一ぱいの処がある」と書いている。パブリック・ハウスというのは通称パブ（大衆酒場）のことであり、本来は文字通り「公共の家」であった。交通センター、レクレーション・センター、その他さまざまな出会いの場として機能したが、一九世紀の半ば過ぎにそれらの機能を専門とするセンターができ、やがて現在のような大衆酒場に落ちついた。と同時に、これまでどの階級の者にもひとしく利用されていたパブにも社会階層的な分化が見られるようになった。そして一九世紀の末にもなると、たとえば弁護士がパブに入るのを見られるのは命取りといわれるほどになった。漱石が見たのはそのような時代のパブであり、同じ頃アメリカ人作家ジャック・ロンドンは書いている。

「パブリック・ハウスはいたるところにある。あらゆる街角や、街角と街角の中間にあり、男とほとんど同数の女も足繁く出入りしている」。おなじロンドンによれば、女たちは大酒をくらい、騒々しくわめき、しどけない姿で髪を振り乱し、濁った目をすえ、めろめろになって流し目を送り、わけの分からぬことを口にする。それはまさに「不浄と腐敗の限りをつくしたあげくの頽廃であり、筆舌につくしがたいヘドの出るようなあさましい姿であった」(『奈落のひとびと』)。漱石の見た「女の酔漢」もこれと大同小異だったと思われるが、酒を飲まない漱石はパブの外からこれをのぞき見たのであろう。それにしても、男も女もなに故にこのような破滅的な飲み方をしたのだろうか。それを知るためには労働者の生活をひと目見ればよい。賃金は生活するのにやっと、住む部屋は狭く、暗く汚く、食べ物は粗悪、水も十分になく、栄養不足でいつ病気になるかわからない。このような状況から抜け出す唯一の方法が酒であり、部屋から外へ出るとそこにはパブがある。パブは避難所と暖かな空間と仲間と忘却を手軽に提供してくれる。クロッシング・スィーパーにしろ「女の酔漢」にしろ、産業革命の申し子といってよいこれらのひとびとを目撃して漱石がどう思ったか、残念ながらどこにも書き残してはいない。

同様のことはストリート・ミュージシャン（辻音楽師）についてもいえる。三月一四日の日記に書いている。「穢《きた》ない町を通ったら、盲人がオルガンを弾いて黒い以太利人がバイオリンを鼓していると、その傍に四歳ばかりの女の子が真赤な着物を着て真赤な頭巾を蒙って音楽に合わせて踴《おど》っていた」。かれらがものもらいやクロシッシング・スィーパーと違うのは、路上で楽器を奏してなにがしかの金を稼ぐ、れっきとした労働者だったことである。

しかし、かれらの奏でる音楽はしばしば聞くに耐えず、騒音をまき散らすだけである。ミュージシャンと呼ぶには程遠く、楽器はものもらい対策委員の目を逃れる方便であり、わずかな金を週ごとに恵んでくれる慈善家を訪問する際の目印にすぎなかった。かれらもまたものもらいと紙一重だったが、ものもらいでない証拠に手に楽器を持っていた。

ストリート・ミュージシャンのなかには盲人が多かった。その演奏もおおむねひどかったが、長年街頭に出ているため界隈では有名人という者が多く、信仰心あつく、趣味と性格は洗練され、ほとんどは既婚者であったという。

これら盲人と同様に多かったのがドイツ人やフランス人をはじめとする外国人ミュージシャンであり、多くは産業革命で繁栄をきわめるイギリスへ富を求めてやって来る者

図版1　ストリート・ミュージシャン（Yoshio Markino）

たちであった。漱石が見たひとりはオルガンを弾く「盲人」であり、ひとりはバイオリンを鼓する色の「黒い以太利人」であった。

これからもわかるようにストリート・ミュージシャンはグループで行動することが多く、しばしば子供とくに女の子を連れていた。彼女たちが楽器に合わせて踊るすがたは愛らしく道行くひとを楽しませ、実入りも多かった。漱石の見た女の子も「真赤な着物を着て真赤な頭巾を蒙って音楽に合わせて踴っていた」。論より証拠である。

このような光景を描いた一枚の水彩画をお目にかけよう（図版1）。絵のなかの女の子も、ある者は赤い服を着、ある者は赤い「頭巾」をかぶっている。彼女たちはミュージシャンの子供に合わせて踊り、やがて大人たちもそれに加わる。右端でパイプ・オルガンを演奏しているのは多分「盲人」であろう。

かくして下町の一角はたちまち庶民の野外音楽場となり、道行くひとびともひとときの余興を楽しんでいる。「女の酔漢」やクロッシング・スィーパーとは一味違った下層階級の側面をかいま見て、漱石はある種の感慨を抱いたのであろう。安堵に似た気持が日記の行間から感じ取れる。

以上は漱石がブレット家に滞在中に見、聞き、経験したことのほんの数例にすぎない。カンバーウェルやツゥーティングを去り、最後のクラパム・コモンのリール家に移ってからも漱石の好奇心は衰えることはなかっただろう。

しかしブレット家にいた七か月が漱石にとって最も精彩に富み、好奇心もまた最もよく発揮された時期だったのではないかと思われる。漱石はロンドン到着後間もなく子規に宛てた書簡のなかで書いている。「あらゆる倹約して斯様なわびしい住居をして居るのはね、一つは自分が日本に居った時の自分ではない単に学生であると云う感じが強いのと、二つ目には折角西洋に来たものだから成る事なら一冊でも余計専門上の書物を買って帰り度慾があるからさ」。

たしかに漱石は本を買いたいという気持ちが強く、それを実行に移してもいる。しかし、その気持ちは本だけにかぎったものではなかった。「折角西洋に来た」のだから「学生」の気分になってあらゆるものを見、聞き、感じ取ろうとする姿勢が日記の行間から伝わってくる。

ブレット家滞在中にそうであったように、日記のない二年目もきっとそうであっただろう。なるほど『文学論』執筆のために寸暇を惜しんで本を読みノートを取り、あげくは神経衰弱になったのもじじつだろうし、「倫敦に住み暮したるは尤も不愉快の二年なり」（『文学論』）というのも真意であっただろう。

しかし漱石の好奇心はそれとはべつ物であった。後年の作家漱石にも通じる旺盛な好奇心である。そう考えると、二年余のロンドン生活は私たちが考えるほど暗くわびしく孤独なものではなく、漱石は日々の発見と出会いをひそかに楽しんでいたのではないかと思われてくる。

ブレット家の女中ペン

漱石がフロッデン・ロード六番地のブレット家に移ったのは明治三三年一二月二四日のことである。その前のウエスト・ハムステッドの下宿は週二ポンドと漱石には高すぎ、わずか一か月と数日滞在しただけで、それよりずっと安い一週二五シリングのブレット家に移ることにしたのである。

ここは安いだけあって、漱石自身がいうように「随分まづい下宿」であった。三階の部屋の窓には隙間があり「ピューピューと風が入って」ストーブを焚いても、暖めているのか冷やしているのかわからない。風の強い日は煙突から入った風が逆流して「室内は引き窓なしの台所然」となる。

ここはもとは女学校だったものを伝染病で生徒がいなくなり、借金返済のために急遽下宿屋に転じたのであった。下宿屋の女主人は女学校の校長だった人で、妹は音楽を教えていた。漱石が来たときは、もとの女子学生がひとり下宿しており、女主人には閉校後結婚した主人がおり、他にもうひとり屋根裏に住む女中がいた。

漱石が都合一二三日間下宿したこの家の住人のことは滞英日記によく出てくる。先ず、女主人は「女学校を開きつつありし女故、少しく教育のあるべきはずなるが文学のことはやはり一、二冊の小説を読みしのみ」であり、そのくせ「何でも知ったかぶりをする」。漱石が少々むつかしい単語を使うと分からぬくせに、自分は「くだらぬ字」を会話中に挟み（例えば tunnel という単語）、この字を知っているかと聞き漱石を閉口させる。

無教養なのは彼女の主人も同様である。一緒に『ロビンソン・クルーソー』の芝居を見にいったら、「これは一体真にあったことなりや小説なりや」と聞く。かれはまた「日本を appreciate せぬのみか心中軽蔑するの色」あり、「日本の人間を改良しなければなるまい。それには外国人と結婚を奨励するのがよかろう」とおかしなことをいう。しかし、漱石はこの亭主とは結構馬が合ったようで、芝居に行ったり、ヴィクトリア女王の葬列を見に一緒に行ったり、あるときは犬を連れて散歩し、あるときはイギリスのことわざを教わり日記に書き留めたりしている。

女主人の妹については「ミス・スパローはすこぶる内気の神経質な女である。人がいるとピヤノを弾ずることが出来んので始終試験に及第することが出来ない」。また「この人、娯楽を好まず貧にて勉強、日々働く。あなたはこんな生活をして愉快ですかと聞けば真に幸福なりと答う」」。彼女とはときどき二人切りになり、話すこともあったらしい。下宿している女子学生については一か所だけ日記に出てくる。「夜ロバート嬢とピンポンの遊戯をなす」と。その他同宿の田中孝太郎についてはここでは省略し、もうひとり忘れてはならないのは女中のペンである。

二〇〇二年一月五日に公開され話題になった一九〇一（明治三四年）のイギリスの国勢調査によると、他のブレット家の住人のほかに「女中」のアニー・ペリン（二三歳）の名もある。

二三歳という年齢もアニー・ペリンという名前も今回初めて分かったことだが（女主人と夫と妹の名前も同様である）、彼女は家のなかではペリンの略称ペンで呼ばれていたようである。そしてペンは漱石の日記によく出てくる。

たとえば「下女」に裏の草原で餌を探している鳥は何かと尋ねたら雀だと教えてくれたとか、「下女はこの家の周囲より外何もしらない」とか、とりわけペンへの言及が多いのはブレット家の引っ越し騒動のときである。明治三四年四月二四日の日記はつぎのように始まる。

朝、散歩帰る。ペンが饒舌りだした。ペンが饒舌る時は家のものがおらぬ時なり。

なぜ家の者がおらぬ時かというと、女主人にしゃべることを禁じられているからである。その間の経緯については漱石の「倫敦消息」に詳しく書かれている。ペンは「僕が最も敬服し最も辟易する女の友達の一人」であり、漱石は彼女のことを'bedge pardon'(ベッヂパードン)と呼ぶ。なぜならペンは舌が長過ぎるのか短か過ぎるのか、口を利くとき少し呂律が回らず、I beg your pardon という代わりに bedge pardon というからである。ペンは能弁家である。唾を舌の先から相手の顔に容赦なく吐きかけ、息つく暇もなくまくしたてる。ところが話す英語はまるで分からない。漱石は同じ「倫敦消息」に書いている。

倫敦のコックネーといふ言語になると丁度江戸っ子のベランメーと同じやうなも

ので、僕などには到底解らない。字引にない変な発音をする上、前の言葉と後の言葉の句切りが分からない位早く饒舌るので好い加減な日本の英学者はすぐ参ってしまふ。僕などは無論其一人であるが、ことにペンのコックネーと来ては何うしたって遣り切れる訳のものではない。

よほどコックネーにはまいったと見えて、日記にも「いわゆるcockneyは上品な言語にあらず。かつ分からぬなり。倫敦に来てこれが分かれば結構なり」と書いている。漱石はしばしばペンの「襲撃」にあって、最初は驚き、つぎにあきれ、最後は大いに困惑する。一度「ペンに捉まって話しかけられたら最後、果してそれが幸福であるか、又飛んだ災難であるか、他人に判断して貰ふより外に仕方がなくなってしまふ」のであった。そこでやむなく女主人に告げると、ペンは大いに叱られ、以後は「慎んで僕には口を利かなくなった」。しかし、家の者が外出すると話はちがう。もとに戻るどころか、日頃の埋め合わせをするのはこの時とばかりにしゃべりまくる。「叱られる前より難儀な思いをしなければならない」のであった。

漱石が散歩から帰った四月二四日のペンがまさにそうであった。玄関に漱石を迎えると立て板に水のようにしゃべりはじめた。一五分ばかりしゃべったあと、彼女のいったことを「あそこで一句、ここで一句、僕に解った所だけ総合して見ると」、どうやらこういうことらしい。「昨日差配人が来たが、家の者は不在だと嘘をつき玄関先で追い返した、嘘をつくのはいやだが女主人の命令だから仕方がない」。

家のなかは引っ越しのためすでに荷物が運び出されてがらんどうである。昨夜の三時頃ブレット氏が差配人の目を盗んで運び出したのである（まさに夜逃げである）。やがて夜になり、八時頃ペンが来て「今日は差配が四遍来ました」という。もう一度一〇時頃やって来て、こんど差配人が来たらどうしましょうと不安顔である。彼女も一家のなりゆきが心配でたまらないらしい。この夜、一家が帰って来たのは一〇時半すぎであった。

かくして、一夜はあけ、翌日漱石はブレット家とともにツーティングの新しい家に移る。そこは「聞きしに劣るいやな処でいやな家」であった。

ペンがブレット家にいつからいたのか不明だが、朝から晩まで懸命に働く、その様子を漱石はつぎのようにいう。

　ベッヂパードンは倫敦に生まれながら丸で倫敦の事をご存じない。田舎は無論ご存じない。又ご存じなさりたくもない様子だ。朝から晩まで晩から朝まで働き続けに働いてそれから四階の天井裏へ登って寝る。翌日、日が出ると四階から天降って又働き始める。息をセッセとはずまして——彼女は喘息持である——はたから見るのも気の毒なくらいだ。さりながら彼女は毫《いささか》も自分に対して気の毒の感じを持っておらぬ。……僕は朝夕この女聖人に接して敬慕の念に堪えんくらいの次第である。
（「倫敦消息」）

これで分かるのは、ペンは家内の仕事を何でもやる雑役女中（maid-of-all-work）だったということである。この種の女中は中流階級でも最下層の家庭でしばしば見られた。かれらのすぐ下には下層階級がひかえており、女中の雇用は中流階級と下層階級を分かつ分水嶺の役割をはたしていたのである。

女中の雇用は中流階級の地位の象徴であり、同時に中流階級の女性の生き方とも深く係わっていた。というのは「女性が家庭の雑事に活発に介入することと洗練された文化とは相容れない」というのが当時の社会通念であり、「遊惰《ゆうだ》と無為が最大の徳目」として理想視されたからである。女主人は家事に関与しない有閑女性であるから、女中がいないかぎり中流階級の家政は機能しなかったのである(角山栄他編『路地裏の大英帝国』)。

女中は基本的には最低三人、すなわちキチンメイド(料理女中)、パーラーメイド(客間女中)、ハウスメイド(掃除女中)が必要であった。しかし中流階級の最下層に属する家庭にはその余裕はなく、ひとりの雑役婦で間にあわせるしかない。ブレット家がまさにそうであり、下宿人がつぎつぎに去っていくこの家は「家計がすこぶる不如意」(漱石日記)に見え、引っ越しも家賃が滞納したせいだったと思われる。

ペンは「四階の天井裏」に住み、暗い地下室で働き、二三歳の独身だが恋人がいるとは思われない。漱石に話しかけて女主人に叱られ、喘息持ちながらせっせと働く姿は「はたから見るのも気の毒なくらいである」。それでも愚痴ひとつこぼさず、「毫も自分に対して気の毒の感じを持っておらぬ」まことに「敬慕」すべき存在であった。

雑役女中の仕事はかぎりなくある。料理、洗濯、掃除、修繕、子守、そして夜家族が外出すると誰もいないじめじめした台所でひとり留守番をする。なにしろ、掃除機も床磨き機も皿洗い機も乾燥機もない時代である。すべて手作業によるしかなく、絨毯は手で叩いてきれいにし、床や玄関の石段は四つんばいになって拭いた。

ブレット家には下宿人がいたので、そのための仕事もある。一日に少なくとも四回下宿人の部屋に行って、まず朝にはブラインドとカーテンを開け、土で汚れた靴と衣服を片づけ、朝食前に手洗い用のお湯を運ぶ。正午と七時にもやはり食前用の水を運び、最後は就寝前にベッドメイキングをし、窓を閉め、新しいタオルときれいな水を持参する。汚れた靴を磨くのは朝下宿人が食事中のわずかな時間である。漱石の靴も「毎日穿くのは戸の前に下女が磨いて置いて行く。」(「倫敦消息」)

さて、引っ越し騒動がおわり、漱石がブレット家と行動を共にしツーティングに落ち着き、ふと見るとペンがいない。

僕の最も敬服し又最も辟易するベッヂパードンは遂に解雇されてしまった。僕はもう円満なる彼女の顔を見ることが出来ない。移転後になって初めてこの話を聞いた僕は憮然として彼女の未来を想像した。(「倫敦消息」)

結局、「家計がすこぶる不如意な」ブレット家はひとりの女中すら雇う余裕がなく、結局下層階級に落ちてしまったのである。犠牲になったのはペンで、漱石は「憮然として」彼女の行く末を思った。「憮然」というのは「意外な出来事に驚いて茫然とするさま」「失望や不満で虚しくやりきれない気持ちになるさま」という意味だと辞書に書いてある。じっさい漱石は予期せざるペンの不在に驚き、茫然とし、やりきれない気持ちになったにちがいない。と同時にペンの「円満なる顔」を目の前に浮かべた。「円満なる顔」というのは「豊かにふくらんでいる顔」のことであろう。ペンの顔はふっくらとした丸顔だったのである。(そういえば漱石夫人鏡子の見合い写真もそうだった。)

日頃はペンに辟易することもあったが、ブレット家でいちばん話す機会が多かったのは彼女である。部屋の扉のところでも部屋のなかでも毎日何回か話すことがあっただろう。いうなれば一家でペンがいちばん親しい間柄だったのである。そのペンが朝から晩まで身を粉にして働くのをそばで見て、漱石は敬慕の念をいだき、同情もせざるを得なかった。ここで私はつぎのようなイギリスのことわざを思い出す。'Pity is akin to love.'。漱石はこれに「可哀相だは惚れたてことよ」という日本語を当てている。

そこで、最後に結論めいたことを申せば、漱石のペンへの敬慕や同情はある種の特別な感情に変わっていたのではないだろうか。そうすればかれが「憮然」とするのもうなずけるのである。

ピンポンをする漱石

明治三三年（一九〇〇）の暮れにロンドンに着いた漱石は翌年の三月二八日の日記につぎのように書いている。

コノ日入浴。夜ロバート嬢トピンポンノ遊戯ヲナス

一緒にピンポンをしたロバート嬢は同じブレット家に下宿していた女子学生である。この日記を何気なく読んでいると、なるほど漱石は同宿の女子学生とピンポンに興じたのだな、三四歳の漱石にして、はたしてうまくやれただろうか、くらいにしか思わないし、その後の日記にもピンポンに関する記述はどこにもない。多分このときが最初にして最後だったのだろう。

漱石はピンポンについて特別の感想はのべていないが、ピンポンの歴史や背景を調べてみると、意外なことが明かになってくる。ピンポンの歴史はそんなに古くはない。一八八〇年代にローンテニス（いわゆるテニス）が盛んになったころ、室内でも同種のゲームができないかと考えて考案されたのがピンポンである。主として上流階級の食後の娯楽として利用されたようである。

最初は長方形のテーブルの真ん中に本を並べてネット代わりにし、本をラケットに、ゴルフボールをボールにした。やがて巻き煙草ケースをラケットに、シャンパンのコルクぶたをボールに代用し、間もなく羊皮紙を伸ばして木のフレームに張りつけたラケットが作られた。一九〇〇年にセロイド製のボールができると、打ち合うボールの軽快な音からピンポン（ping-pong）という呼び名が使われた。

翌一九〇一年にはジョン・ジャックスという男がピンポンを商標化し、ピンポン用具一式を独占的に売り出した。漱石が「ピンポンの遊戯」をしたのはちょうどその頃である。それにたいして従来から使われていた「テーブルテニス」という呼び方にこだわるひとたちは「ピンポン」を退け、独自にテーブルテニス用の用具一式を売り出した（とはいえ両者はまったく同じものである）。従来の名称にこだわるひとたちは一九〇一年一二月一二日に「テーブルテニス協会」を設立する。するとその四日後に「ピンポン協会」が設立された。

一九〇二年の初め頃、イギリスで最初の手引き書『ピンポン、そのゲームの仕方』が出版され、著者のアーノルド・パーカーは「ふたつの対立する協会が併存するのは遺憾である。ルールはまったく同じなのだから」と苦言を呈した。そのせいもあってか、翌一九〇三年五月一日に両協会は合併し「テーブルテニスおよびピンポン協会」となるが、早くも翌一九〇四年には「テーブルテニス協会」が復活しこれに落ち着いた。この時点でピンポンという呼び名は公式ではなくなったようだが、一般には広く使われ今日にいたっている（図版1）。

図版1　両者の広告

ピンポン熱が頂点に達するのは一九〇〇年のクリスマスの頃である。すでに九月の頃からブームは始まり、ピンポン愛好会が各地にでき、九月にはテーブルテニス選手権大会がロンドンで開催され、出場者は二、三百人に達した。この頃にはだれもがピンポンに興じ、暑い夏のあいだは一時下火になるが、冬になると再び盛り返した。一九〇一年にも選手権大会が開催され、各新聞はこれをニュースにし、社説でも大きく取り上げた。

なぜこれほど人気があったのか。さきの著者パーカーはその理由をつぎのように分析する。まず第一は数時間におよぶ連続した娯楽を提供し、上手になるのに特別の技術を必要としない点、第二は狭い家でもある程度の出費で用具一式を揃えることができる点、第三は運動不足の解消に役立ち、雨の日でも室内で健康的に過ごすことができる点、そして最後に女性でもプレーできる点をあげる。この最後がピンポン人気の最大の理由であろうとパーカーは考える。

たしかにピンポンの人気はすごかった。想像以上のものがあった。各家庭でピンポンを興じ、対抗試合があれば新聞が一斉にこれを書き立て、子供の本にもピンポンに興じるかわいい猫が登場する。新聞や雑誌の特集記事にもひんぱんに取り上げられ、極めつきはミュージック・ホールで陽気な歌となって歌われたことである。私がオックスフォード大学の図書館で探し出したものに「ピンポン、クレージーソング」（一九〇一）や「ピンポンで頭が一杯」（一九〇二）という歌詞つきの楽譜があった。ちなみに前者の歌詞の一節を紹介してみよう。

ちょっとましな下宿屋で
ピンポン一式を持たぬところはない
男たちはピンポンに熱中し
服を脱ぎ捨て、食事をほしがらない。
あの美味だが独特の色をした
朝食用のキッパー（燻製ニシン）を出さなくてもよい。
自転車をとりあげてもよい
ただし、ピンポンをやめろといってはならぬ
かれらは抵抗し軽蔑した顔をするだろうから。

べつな一節では、近頃妻がろくな夕食を作ってくれない。早めに帰宅してそっと窓か

らのぞいてみると、なんと妻が女中とピンポンに夢中になっている。かれは、女中に出ていけと大声でどなり、めでたく普通の夕食にありつけたが、以後ピンポンはこの家から無くなった。

「ピンポンで頭が一杯」の方にもピンポンに熱中する妻が登場する。彼女はピンポン用具を買うのに反対の夫を尻目に、「シャベルをラケットに、夫のシャツをネットにして」ピンポンを始める。もうひとりの妻はいかにもミュージック・ホールに登場する妻らしい。夫が帰宅すると、妻の母から「双子が生まれました」と告げられる。これでピンポンはなくなると足取り軽く二階に上っていくと、なんとそこで見たのは「ベッドの上で妻と赤ん坊が笑いながらピンポンに興じている」光景であった！

さて、さきにあげた「ピンポン、クレージー・ソング」の歌詞の一節にもあるように、ロンドンの下宿屋にはたいていピンポン用具があったらしい。専用のテーブルは高くて買えなくとも、ボールやバットは比較的安く買え、テーブルは家にある食卓を使えばよい。当然のことながら、漱石がいたブレット家も同様で、かれは下宿の女子学生と今評判のピンポンをやった。この日は一家がピンポン用具を最初に入れた日であったのかもしれぬ。漱石はその感想をどこにも書いていないが、一回かぎりで懲りたのかもしれない。

「ちょっとましな下宿屋でピンポン用具のないところはない」ということだが、藤井基男著『卓球』(卓球王国、二〇〇三)という本を見ると(愛書家竹之内戊坦氏の好意による)、つぎのようなことがわかった。東京高等師範学校教授の下田次郎が一八九九年から三年間独・仏・英・米に滞在したという。いつイギリスに渡ったかは不明だが、一九〇二年の三月から四月までロンドンに滞在した同僚の坪井玄道が下田の下宿に同宿し、食堂で毎日ピンポンを楽しんだという。ということは坪井は一九〇一年三月二八日にピンポンをした漱石より一年遅れてピンポンをしたことになる。

しかし坪井の前にロンドンにいた下田がいつピンポンをやったかはわからない。漱石より先だったかもしれないし後だったかもしれない。もし後だったら、ピンポンをやった最初の日本人は漱石だったということになるだろう。ちなみに坪井は日本にピンポンを持ち込んだ最初の日本人だとされている。

漱石がピンポンをした頃ピンポン熱は頂点に達していた。ところがひとの心は熱しやすく冷めやすい。数年後の一九〇四年頃には早くも人気は衰え、ピンポンに代ってディアポロ（空中ごま）が流行しはじめた。ピンポンより手軽で、安価で、場所をとらず、何よりもひとりでやれるのが人気の秘密であった。

こうしてみるとピンポン熱は漱石の滞英期間（一九〇〇〜〇三）とほとんどときを同じくしており、一九〇一年三月二八日にピンポンに興じた漱石は、最新流行のゲームをいち早く試みたことになる。下田次郎より先だったか後だったかはともかく、ピンポンを初めてやった日本人のひとりが漱石だったことは確かなようである。

かくしてピンポンと日本の関係は長い。一九〇一年の漱石を最初に、二〇一二年まで、すなわちロンドン・オリンピックで日本女子団体が卓球で銀メダルを獲得するまで存続し、一一一年目にして見事に開花したのである。漱石がこれを知ったらどう思うであろうか。

漱石とイギリスのことわざ

中野吉平著『俚諺《りげん》大辞典』(東方書院、一九三三)を見ると、あいうえお順に並べられた各項目にそれぞれ「天文」の小項目があり、そこには天候に関することわざ(俗説)が多数収載されている。私は興味の赴くままにそれらを「雨」に関するもの、「晴れ」に関するもの、「雨と晴れ」に関するものに分類しその数をかぞえてみた。その結果は予想どおりで、「雨」に関するものが一二二、「晴れ」に関するものが六四、「雨と晴れ」に関するものが一一と圧倒的に「雨」に関するものが多いことがわかった。

これは昔から降雨がひとびとの生活と密接にかかわり、雨か晴れかを占うことはかれらの最も大きな関心事だったことを物語っている。とくに陸の農夫、海の漁師にとっては(いまでもそうだが)かれらの生存にかかわる重大事だったのである。

雨に関することわざ(あるいは天気占い)にはいく種類かあって、そのなかで興味深いものから述べてゆくと、まず動物や昆虫の行動から雨を予測するものがあり、対象となるのは蛙、蟻、犬、牛、魚、蚊、鳥、狐、猫、鳶など身近なものである。そのいくつかをつぎにあげてみよう。

雨蛙が泣けば雨降る
蟻穴をふさげば大雨の兆《きざし》
犬土の高き所に眠るは降雨の兆
牛吼ゆれば天気陰り風吹く
魚水に泳ぐに口を上に向くるは雨の兆
蚊空に集まれば雨あり
鳥が水を浴びると雨が降る
狐啼く時は三日のうちに雨降る
猫が手水耳を越せば雨が降る
鳩なき鳶舞うは皆雨のしるし

昔からいい伝えられてきたことわざにはそれなりに筋が通ったものがあって面白いが、なぜ「猫が手水耳を越せば雨が降る」のかちょっと理解しがたいものもある。

いうまでもなく、このようなことわざは日本だけのものではない。世界中どこにでもあるものだが、ここではとくにイギリスのことわざに言及して、わが国のそれとを比較してみよう。イギリスにおいても日本と同様「雨」を占うことわざは圧倒的に多く、そこに動物が登場するものも少なくない。さきにあげた日本の動物や昆虫も、イギリスになじみの薄い蚊や鳶をのぞけば、すべて登場するし、ほかにも多数の動物や昆虫が登場する。たとえば、馬、山羊、羊、豚、鼠、モグラ、兎、コウモリ、鶏、アヒル、白鳥、雀、黒鳥（をはじめとする多くの野鳥）から、ミミズ、蛇、蛙、蝸牛、蜂、ハエ、蜘蛛にいたるまで盛りだくさんである。ところが、同じ動物や昆虫を対象にしたものでも内容的には共通のものが少なく、たとえばイギリスの「犬が草を喰えば雨」「鳩がゆっくり巣に戻れば雨」「猫がくしゃみをすれば雨の兆」「牛がひづめをなめ足を蹴れば大雨」などは日本にはない。もっとも「蛙がはげしく鳴けば雨の兆」は両者ほぼ同じ内容だが。

概して、イギリスのことわざにおいては、対象の動物がいつもとちがった行動をとるとき雨の兆しを感じ取るものが多い。「蜂が巣に戻り離れないときは雨が近い」「孔雀が夜鳴けば雨」「ハエが天井に張りついたり姿を消すときは雨」などはその一例である。

しかし、よくみると、さきにあげた日本のことわざも大筋では同じことをいっている。動物特有の勘が大気の異常を敏感にキャッチし、かれらに異常な行動を取らせる。それを観察することによって人間は間接的に大気の異常（雨）を感じ取るというものである。

このことは動物にかぎらず自然界の現象についてもいえる。日英ともに最も多いのがこの自然界の（異常）現象による天気（雨）占いである。まずは日本のものから。

朝雷に隣に行くな
朝霧急に起これば必ず大雨の兆
瀬音高く聞こゆれば雨近し
月の色極めて白きは雨ある兆
西に海鳴らば蓑笠を用意せよ
三日月の下に横雲あらば、四日のうちに雨降る
山近く見ゆれば雨降る

これ以外にも、太陽、月、風にかかわる自然界の異常現象から雨を予測することわざは多い。しかも動物や昆虫のばあいと違って、これらは日英ともに似た内容のものが少なくない。たとえば、「朝の雷は風、昼の雷は雨、夜の雷は大嵐の兆」とか「月白き面をもち、輪郭ぼやけるときは雨又は雪の兆」（以上日本）とか「朝の虹は羊飼いの憂い、夜の虹は羊飼いの喜び」（イギリス）などがそれである。

ところで、漱石がイギリスのことわざに関心を持ったことは、ロンドン時代の日記（一九〇一年三月一〇日）を見ればわかる。

田中氏ト Vauxhall Park ニ散歩シ Clapham Common ヨリ Brixton ニ出テ帰ル晩ニ「ブレット」カラ

Red sky at night
is the shepherd's delight.

Red sky in the morning
Is the shepherd's warning.
Morning red and evening gray
Send the traveller on his way.
Morning gray and evening red
Send the rain on his head.

ト云フ事ヲ習フ

ここに登場する「ブレット」というのは第三の下宿の主人のことで、ヴィクトリア女王の葬列を見に行ったとき背の低い漱石を「肩車ニ乗セテ呉レタ」人物であり、べつなときには「一所ニ芝居ニ行キシ処、Robinson Crusoe ヲ演ゼシガ是ハ一体真ニアツタ事ナリヤト余ニ向ッテ問ヒタリシ」人物である。そのブレット氏が教えるほどだから、これは相当人口に膾炙《かいしゃ》していたものだったと考えてよい。日本語にするとつぎにようになる。

夕焼け空は
羊飼いの喜び

朝焼け空は
羊飼いの心配

朝焼けと夕曇りは
旅人を出立させ

朝曇りと夕焼けは
旅人の頭上に雨をそそぐ

ところで、これを何気なく読んでいるとそのまま見過ごしてしまうが、少し注意して読むと少々おかしいことに気づく。前半の二連四行と後半の二連四行では、いっていることが矛盾しているのである。前半では夕焼け空は明日の快晴を予想させ羊飼いを喜ばせ、朝焼けはその日の雨を予想させ、羊飼いを心配させるというものだが、後半の二連はまったくその逆のことをいっている。これはどういうことだろう。私はこれまで参照してきたR・インワーズ著『天候俗説』（一八六九）にいま一度当たってみることにした。その結果まず発見したのはつぎの四行である。

Sky red in the morning
Is a sailor's sure warning.
Sky red at night
is the sailor's delight.

これと漱石のものとを比べてみると、はじめの二行とあとの二行が入れ代わり、羊飼いが水夫になっているだけで、内容的には両者同じである。ただしこれには連分けはなく、ひとつのことわざになっている。念のため常名鉾二郎編『日英故事ことわざ辞典』(朝日イブニングニュース社、一九八三、第五版）をひいてみると、これまた前半と後半が入れ代わり、内容は漱石のものとまったく同じものが記載されている。どうやら、順序としてはこちらの方が正しいらしい。

つぎに後半の二連四行はどうか。インワーズの本に当たってみるとつぎのものが見つかった。これも連分けはなく、四行でひとつのことわざになっている。

Evening red and morning grey,
Help the travellor on his way;
Evening grey and morning red,
Bring down rain upon his head.

ウィルソン編『オックスフォード版英国ことわざ辞典』（一九七〇、第三版）を見ても同じものが載っており、これらと漱石の後半二連四行とを比べてみると違いは明らかである。前半の二連四行を考慮に入れても、インワースやウィルソンのものが正しいことがわかる。どうやら漱石は朝と夜とをとり違えたようである。朝を夜にし、夜を朝にすれば正しい（筋が通る）ものになるのに、なぜこのような単純な間違いを犯したのだろうか、不思議といえば不思議である。私はもしかしてこれはオリジナル日記からの転写ミスではないかと思い、東北大学図書館所蔵の日記帳（といってもただのポケット手帳だが）に当たってみたが、やはり漱石の間違いであることが判明した。

漱石の間違いはそれだけではにない。日記にある四連八行は全部でひとつのことわざのように見えるが、じつはそうではない。すでに見たように、前半の四行と後半の四行はそれぞれ独立したひとつのことわざをなしている。つまり、ふたつのことわざをくっつけてひとつにし、しかも両者の意味上の矛盾に気がつかなかったというのがことの真相である。その非がブレット氏にあるのか、教えられた漱石にあるのか、私にはわからない。

さて、日英のことわざの比較という点に話を戻せば、いま述べたようなことわざは、私のさきの分類にしたがえば、「雨」でも「晴れ」でもなく「雨と晴れ」の部類に属するものである。調べてみるとわが国にも似たようなものがあることに気づく。

朝焼門を出でず夕焼遠く走る
朝焼は雨、夕焼は晴るるの兆

同工異曲のものに、

晩の虹は江戸に行け、朝の虹は隣へ行くな
晩の虹は鎌を研げ、朝の虹は隣へ行くな

などがあり、「晴れ」の部類に属するものにも同様のものがある。

夕晴は天気
夕虹に鎌を研げ

漱石は日本のことわざと同様のものがイギリスにもあることを知り、大いに興味をそそられたに違いない。それを早速日記に書き記すのだが、思わぬところで間違いを犯してしまった。しかし、両者のあいだにある共通点の発見、この予期せぬ発見は格別大きな喜びにつながったはずである。そしてこれと同じような経験を漱石は一か月前にもしているのである。二月一三日の日記につぎのように書いている。

小児ガ沢山独楽《こま》を廻して居た　熊本辺ではやる蕪《かぶら》の様な木に鉄ノ真棒ヲ通した頗る単純なもので妙ニ西洋につり合ハんと思ツた

「西洋につり合ハん」と思った漱石はしかしそのすぐあとでほっとした安堵の気持ちを抱いたに違いない。これほどまでに彼我の差のはげしい世界のなかにいて「狼群に伍する一匹のむく犬」のごとき思いにとらわれていた漱石の目の前に、日本と同じしかも熊本辺の子供が遊ぶ独楽と同じような「単純なもの」がある。それを見た漱石は正直心なごむ思いがしたであろう。そのような思いはさきのことわざの発見にも通じるのである。

ともあれ、この日記が書かれてやがて百十数年がたとうとしている。この辺で正しい表記に改めておくのが、漱石の読者の務めであり、イギリスを愛する者の礼儀ではないだろうか。

漱石、鈴木禎次、「ザ・チェース八一番地」のことなど

漱石のロンドン日記を読んでいると、「鈴木」という名前がしばしば出てくる。たとえばこうである。（以下に引用する日記はすべて明治三四年のものから）

鈴木夫妻ヨリ手紙来ル。（四月二九日）
鈴木夫妻ヨリ絵ハガキ来ル。（七月八日）
鈴木時子ヨリ手紙。（八月二日）

鈴木というのは、全集の注を見ればわかるように鈴木禎次（一八七〇―一九四一）のことで、漱石の妻鏡子の妹時子の夫、したがって漱石の義理の弟にあたる。建築家の鈴木禎次は当時大阪にいて、漱石渡英の際「プロイセン号」が神戸の港にたち寄ったとき、

餞別に万年筆を贈っている。この万年筆のことは、鏡子が『漱石の思い出』のなかで書いている。

今でこそ万年筆などは珍しくなく、酒屋の小僧さんまで持っているのですが、当時はなかなか珍しいものでありました。それをポケットに入れて、どこかインド洋のあたりでの話ですが、器械体操をしていたら折れてしまった。時さんによろしくとわびをいってくれなどという手紙が来たことがありました。

漱石はのちに野村伝四宛の手紙（明治三八年八月六日）のなかで鈴木禎次に触れ、「山岸荷葉君の薬屋の若旦那といふ奴を通読したが、あの若旦那の言葉は頗る気に入ったね。僕の細君の妹の亭主に工学士がいてね、其工学士先生がまるであの若旦那だから余程僕は愉快に読んだ」と書いている。山岸荷葉の『薬屋の若旦那』がどういう小説か知らないが、鈴木の人柄がしのばれて好感がもてる。この義弟に漱石はロンドンからよく手紙を書いている。

鈴木ヘ手紙ヲ出ス。(四月三〇日)
鈴木ヘ絵ハガキ。(五月七日)
鈴木ニ手紙ヲ出ス。(八月二日)

これらは鈴木からのたよりの返事として書かれたものだが、鈴木が送って来たのは手紙や絵はがきばかりではなかった。

鈴木ヨリ太陽二部送リ来ル。(五月二三日)
鈴木ヨリ絵ハガキ、太陽。(六月一三日)
鈴木ヨリ太陽来ル。(七月一二日)
鈴木ヨリ讀賣新聞来ル。(八月九日)
太陽来ル。(八月二一日)
鈴木ヨリ太陽、讀賣新聞送リ来ル。(九月二五日)
鈴木ヨリ太陽来ル。(一〇月一六日)

鈴木は漱石の渡英後、数か月頃からまず雑誌『太陽』を、ついで『讀賣新聞』を送って来るようになった。月刊の『太陽』は毎号届いたようだし（「太陽二部」とあるのは二か月分を一緒にということだろう）、『讀賣新聞』の方も月一回の間隔で来ているので、一か月分をまとめて送ってきたのであろう。当時の新聞はいまほどページ数が多くなかったのである。これにたいして漱石の方も鈴木に建築に関係のある雑誌や出版物を送っている。

鈴木ヘ *Studio* ノ Special number ト絵ハガキヲ出ス。（七月一日）
鈴木ヘ *Academy Architecture* 及ビ建築雑誌一部送ル。（七月一一日）

「*Studio* ノ Special number」というのはこの著名な美術雑誌の特集号のことで、一九〇一年の夏季号は Modern British Domestic Architecture and Decoration を特集している。*Academy Architecture* は年一回刊行の建築年鑑である。このように鈴木は日本のニュースを伝えてくれる貴重な窓口であったたし、鈴木にとっても漱石はイギリスの最新の建築情報をもたらしてくれる得がたい存在であった。

じつをいうと、この頃、鈴木は着々と海外留学の準備を進めていたのである。その経歴を見ればわかるように、鈴木は明治二九年に東京帝国大学工科大学造家学科を卒業後、大学院に進み、三〇年に三井臨時建築係となり、その間、三井銀行、同物産の新築工事など鉄骨耐震建築にたずさわり（大阪にいたのはこの頃のことであろう）、五年後の明治三五年に文部省留学生として「英仏留学」の途に着いている（『名古屋工業大学八十年史』）。

漱石は明治三六年一月に帰国し、鈴木はそれ以前に日本を発っているから、ロンドンで会うこともできたろうが、その形跡はない。船の上ですれちがったか、もしくは鈴木がイギリスより先にフランスに渡ったということも考えられる。というのは『日本人名大事典・現代』（平凡社）によると、鈴木は「フランスへ留学」とだけあって、イギリスへの言及がないからである。しかし、その後鈴木がイギリスの土地を踏んだことはたしかで、その時期は明治三七年の五月頃であったと考えれる。漱石がイギリスを去った一年数か月後のことである。

当時の鈴木の行動は判然としないが、ロンドン到着後、まずオックスフォードに行ったことは間違いない。その証拠になる資料を私はある場所で見たからである。ある場所というのはオックスフォード大学出版局のことで、その日私はボドリアン・ライブラリーのマイケル・ターナー氏の紹介で出版局のキュレーター、ピーター・フォーデン氏を訪ねていた。

そのとき氏は話のついでにと、一冊の古い来客者名簿を取り出し、その一ページを開いて見せてくれた。私はそれを見てアッと驚いた。一九〇四（明治三七）年五月三一日の日付のあるそのページに五人の日本人の署名がある。そのひとりが鈴木禎次だったことはもちろんだが、そのほかに島村瀧太郎、山崎宗直、好本督《ただす》、平田喜一の名前がある。じつをいって、私はそのとき鈴木の名前を知っていたわけではない。私が驚いたのはむしろ島村瀧太郎と平田喜一の名前をそこに見たからである。

この名簿では鈴木の住所だけが「ロンドン日本公使館気付」となっており、鈴木がイギリスへ来て日も浅く、まだ下宿が決まっていないことを物語っている。その後どこに留学先を決めたのかは明らかでないが、他の四人は住所からしてすべてオックスフォード大学の留学生であることがわかる（図版１）。

島村瀧太郎はいうまでもなく島村抱月の実名で、明治三五年五月七日にイギリスに渡り、オックスフォード大学で主として英文学、美学などを勉強し、二年後の明治三七年六月にドイツに渡り、その後ロンドン経由で帰国の途についている（明治三八年九月一二日帰国）。滞英中の記録は「渡英滞英日記」に詳しく、オックスフォード入りするまでの六か月間を漱石と同じロンドンにいたが互いに交流はなかった。

山崎宗直は明治三六年から四四年まで約八年間オックスフォード大学に留学、帰国後は東京帝国大学で経済学を教えた。好本督は四人のなかでいちばん早く（漱石とほぼ同じころ）来英、明治三七年の半ば頃までオックスフォードにいて、出版局訪問後まもなくして帰国している。

最後に署名のある平田喜一は本名喜一郎、平田禿木の名で知られたすぐれた英文学者である。明治三六年二月二一日、漱石が帰国したのと同じ貨客船「博多丸」で横浜を出発、同年四月末ロンドンに到着、九月半ばにオックスフォード入りするまでロンドンに

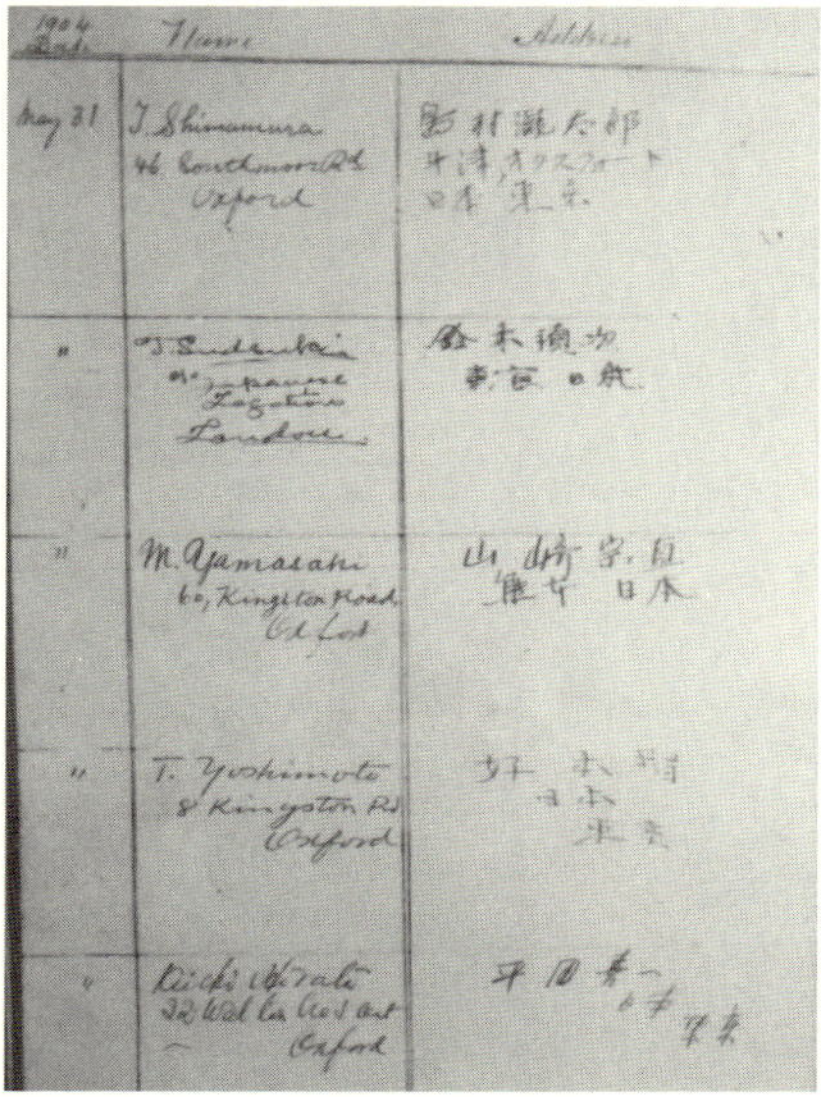

図版1

滞在し、その間大学の休暇で上京中の島村抱月の訪問を受けている。オックスフォードでは約三年間英文学を勉強、明治三九年六月一六日に帰国した。

以上の四人は、抱月の「渡英滞英日記」にしばしば登場し、オックスフォードでの交友が密だったことを物語るが、さきにも書いたように抱月と禿木の交流はすでに禿木のロンドン滞在時から始まっていた。このとき（つまり明治三六年四月末から九月まで）、禿木はテムズ河の南岸バタシーに近いクラパム・コモン、正確にいうと81 The Chase, Clapham Common, London S. W. に下宿しており、抱月はそこを訪問している。つぎは「渡英滞英日記」の一節である。

午後、81, The Chase, Clapham の平田君宅を訪ふ、不在。（七月二六日）

此日朝ヨリ The Chase, Clapham Common ノ平田喜一君及下村観山君ヲ訪フ。昼食ノ後、Richimond ニ散歩ヲ共ニス。景色ヨシ。写真ナド試ム。（八月一〇日）

午後、平田、下村君を訪フ。平田君の下宿の事定まりし事の詳細をも話す。帰りに下村君の和服を借りて帰る。（九月八日）

午後下村君に予て借用の和服を返しに行く。不在なりき。（九月一三日）

ついでながら、ここに出てくる下村観山というのは、明治の代表的な日本画家下村観山のことで、平田と同じ頃渡英し、同じ下宿に住んでいたようである（観山はその後明治三八年まで約二年間滞英している）。

さて、ここまで書いてくると、漱石のロンドン時代のことを少しでも知るひとならすぐにピンとくるだろう。禿木と観山のいた「ザ・チェース八一番地」の下宿は漱石がロンドン時代最後にいた下宿と同一のものなのである。漱石は明治三四年七月二〇日から帰国までの約一年四か月間をここで過ごしている。五度の下宿のなかで最長の滞在期間であった。

禿木の下宿が漱石のそれと同一のものだったことは以上の説明から明らかだが、このことに触れた文章はこれまでになかった。禿木自身もどこにも触れておらず、ロンドン時代の漱石についてはつぎの文章があるだけである。

夏目さんの倫敦の下宿を自分も知っている。河向ふの本所といった、労働者の多いバタッシィ公園から遠くないクラパムにずっとゐたのだ。ザ・チェースというの通りもコムモンの方へ近い上手になると、蔦や鉄銭花などをからました幾分瀟洒《しょうしゃ》とした邸宅もあったが、宿はずっと裾の方になってゐて、場末に見る侘しい住居が軒を並べてゐた。スピンスタアの標本ともいふべき未婚の姉妹が主人で、老耄《ろうもう》した退役陸軍大佐が同居してゐて、その老人が地階の表ての一室を客間兼食堂にして、家の者や他の下宿人は地下室で食事をし、夏目さんは三階のベッド・シッティング・ルウムへ陣取って、チャリング・クロスあたりへ古本屋をひやかしに行く以外には殆んど外出もしなかったらしい。実に侘しい、しがないその日を送ってゐられたのだ。（『禿木《とくぼく》随筆』）

まるで見てきたような書き方だが、それもそのはず、禿木はここに五か月も下宿していたのである。そのことがわかれば、禿木がリール姉妹や退役陸軍大佐から聞いたと思われる漱石のロンドン生活のあれこれをもっとたくさん書き残してほしかったと思う。

それにしても「ザ・チェース八一番地」のこの下宿は興味深い。まず漱石、ついで禿木、観山と若き日の明治の文人、学者、画家たちの仮の宿となり、その間も漱石の神経衰弱を気づかう土井晩翠を数日間同宿させ、抱月の訪問も受けている。まことに希有な下宿である。そのあるじリール姉妹にわれわれは満腔の謝意を表さねばならないだろう。

鈴木禎次に話を戻すと、漱石が鈴木に手紙を書き、鈴木からの雑誌や新聞を受け取ったのもこの下宿であった。イギリス留学をはたした鈴木は、かつて義兄のいたこの下宿をなつかしさを込めて訪ねたかもしれない。

それにしても、前述の来客者名簿に鈴木が名前を連ねた経緯とはいったい何だったのだろう。私の想像では、イギリスへゆく義弟のために漱石が自らオックスフォードの禿木宛に紹介状を書いたのではないか。その紹介状をもって鈴木はロンドン到着後すぐに禿木を訪ね、その日禿木は抱月ら他の三人を語らって――もしくは鈴木の希望によって――オックスフォード大学出版局を訪問したのではなかろうか。

鈴木禎次は、その後、明治三九年六月頃に帰国し、名古屋高等工業学校の教授（建築科長）として名古屋に赴任した。三四郎が上京の途中、中村の宿に一泊し

図版2 鈴木禎次先生

たあの名古屋である。そこにおける名物教授鈴木禎次のエピソードは多いが、つぎの文章は先の「薬屋の若旦那」を彷彿とさせて微笑ましい（図版2）。

科長はいつも定紋付のお抱え人力車、それとも当時珍しい太輪ゴムの高級車に、仕立て上りの新調の洋服で、キッドの皮靴を光らせて乗り込んでくる。流行の先端をいくモダン振り、しかも風采は一向にあがらず、「餡パン」と仇名がついていた。

（『名古屋工業大学八十年史』）

しかし、鈴木は学生にたいして厳しく、進路を変えさせたり、容赦なく落第させたりで、卒業の時、クラスは半分になっていたという。大正一〇年に退官、その後は設計事務所を開設、生涯多くの名設計を残したが、義兄漱石の墓もそのひとつであった。

第二章

漱石と同時代の人々

漱石と牧野義雄

ロンドンのふたり

牧野義雄がロンドンに到着したのは一八九七年一二月八日のことである。それ以後、六年間のニューヨーク、ボストン滞在期間を除き、都合四五年間にわたってイギリスに滞在した。漱石がロンドンに着いたのは、一九〇〇年一〇月二八日の夜のことであるから、牧野より三年遅く、二年間滞英して一九〇二年一二月五日にロンドンを去っている。

したがって、漱石のロンドン滞在期間は牧野のそれと重なっており、同じロンドンに二年間もいれば、必ずどこかでスレ違ったと考えられるが、両者ともそのことはのべて

図版1　牧野義雄（原撫松画）

いない。牧野義雄の半自叙伝『滞英四十年今昔物語』（改造社、昭和一五年）によれば、「当時ロンドン在住の日本人の数は少なく、途上日本人を見ると互いに脱帽したものだった」というから、ふたりは互いに脱帽し挨拶を交わした仲であったかもしれない。

漱石がロンドンに来たころ、牧野は生涯で最も苦しい時期を過ごしていた（図版1）。昼間アルバイトをしながら、絵の学校に通い、卒業してもすぐに絵は売れず、着の身着のまま、食べる物にも事欠く日々であった。一度は自殺を考えたこともあったほどだが、やがて徐々にではあるが、仕事も入ってくるようになる。一九〇一年一〇月号の『スチューディオ』にスケッチ七枚を掲載、翌年の一九〇二年八月には『マガジン・オブ・アート』にも一枚の水彩画（カラー）を掲載（図版2）し、同年一〇月には子供用の絵本

図版2　『マガジン・オブ・アート』に初めて掲載された水彩画

『ジャパニーズ・ダンピィ・ブック』を出版するにいたる。これらはいずれも、漱石滞英中の牧野の仕事である。

このうち、『ステューディオ』は、絵の好きな漱石も定期購読していたから（『漱石山房蔵書目録』には、九三号〜二八〇号まで、つまり一九〇〇年〜一九一六年までの所蔵が記載されている）、漱石が牧野の作品を見た可能性は十分考えられる。あるいは、牧野の作品を見る唯一のチャンスだったかもしれない。

この年（一九〇一年）の一一月にはアメリカ時代の友人野口米次郎が来英し約三か月間牧野の下宿に同宿し、その間、野口は牧野の助けをかりて詩集『東海だより』（*From the Eastern Sea*）を自費出版する（翌一九〇二年二月）。一二編の詩からなる薄いパンフレット状の詩集だったが、新聞・雑誌は一斉にこれを取り上げ、野口の名を一躍ロンドン詩壇に知らしめた。そういった記事を漱石は新聞・雑誌で読むこともできたはずだが、はたしてどうか。

漱石が牧野の存在を知るもうひとつのチャンスは、編集長スピールマンに才能を認められて一九〇二年八月号の『マガジン・オブ・アート』に前掲の水彩画を載せたときである。これにたいして『タイムズ』『デイリー・メイル』などの新聞が好意的な論評を寄せたことを牧野自身が書いており、これらの記事を漱石が読んだ可能性があるかもしれないし、ないかもしれない。いずれせよ、漱石は牧野についてなにも言及していないのである。というわけで、漱石はついに牧野を知ることなくロンドンを去ったと考えられる。これは、しかし、ある意味で仕方のないことであった。何しろ牧野は一介の無名の画家にすぎず、代表的な作品はまだ何ひとつ残していなかったのだから。牧野の活躍が始まるのは漱石が去ったのちのことであった。

漱石の記述を補う牧野義雄

ともかくも、ふたりはこの時期おなじロンドンにいて、おなじロンドンの空気を吸って生活した。そして同じ物を見たり聞いたりしていたことは両者の記述から明らかである。牧野の残した『滞英四十年今昔物語』（昭和一五年）には、漱石の日記や書簡と符合するようなことがいくつか書かれている。補完しあっているといってもよいだろう。それらをつぎにあげる。

（1）ロンドンに着いた漱石がまず気づいたのが男女の服装であった。漱石は書いている。

倫敦ではシルク・ハットとフロック・コートが流行る。中には屑屋から貰ったような物を被って歩いているものもいる。思うに英国の浪人なるべし。（明治三四年＝一九〇一年一月一七日）

なぜ、シルク・ハットやフロック・コートが流行ったのか。それについては牧野が的確に説明してくれる。

ヴィクトリア女王には一の逸話がある。陛下御即位の当時、英国では婦人の夜の服装に非常に肌を見せることが流行した。女王が或る芝居に行かれた時、皇室席から下を見下ろされて「貴婦人方よ、あなた方はショールをお忘れになったか」という勅語があったので、婦人連は大いに慌てて、これより英国の服装は厳格になり、私が渡英した時には、婦人は朝服、朝飯の服、午後散歩の服、御茶時の服、夜の服と一日五回も服を着替えたもので、男も朝はモーニング、昼はフロックに山高帽子、夜は略式又は自宅で晩飯をするにはディナージャケットに黒ネクタイ、正式には燕尾服に白ネクタイ、靴は一枚革のボム引きときまり、シャツは昼といえども白糊付の胸当てとカッフを付けたものだ。それがソフトになり、夜の靴にもトー・キャップのあるゴム引きの靴を用い、ソフト・ハットを用いるようになったのは、エドワード七世の御代、殊に一九〇五、六年頃からである。(『滞英四十年今昔物語』)

(2) 漱石は日記に川上音二郎、貞奴のロンドン公演のことを書いている。

午後一時田中氏方に至る。川上の芝居を見んという。いやだといった。(明治三四年=一九〇一年六月二二日)

川上音二郎は貞奴とともにパリの万博で好評を博し、その勢いをかりてロンドン公演を行った。そのことを補うように牧野はつぎのように説明する。

この年（一九〇〇年）、パリで世界大博覧会が開かれ、それを目当てにやって来た川上音二郎、貞奴の一座がロンドンに立ち寄り、コロネット座に出演することになった。……川上一座の上演したものは児島高徳、道成寺、才六（日本訳ヴェニスの商人）などで、当時の英国公衆には十分理解されなかったようだ。しかし、美術家や文学者仲間には至極好評であった。（『滞英四十年今昔物語』）

（3）漱石は同日の日記に、川上の芝居の代わりに「……アールズ・コートのエクジビションを見に行く」と書いている。アールズ・コートのエクジビションというのは、軍事博覧会のことで、イギリスの軍隊関係の出し物が多数展示され、ほかにも各種のアトラクションがあった。

しかし展示品やアトラクションのほかに、この博覧会の目玉はほかに、もうひとつあった。会場内の「エンプレス劇場」で上演される「中国——公使館の救助」という芝居である。『タイムズ』の広告によれば、この芝居は前年（一九〇〇年）中国でおこった Boxers Rising（義和団の乱）を題材にし、「かつてない最高にリアリスティックな芝居」であるという。漱石が軍事的な出し物に興味をいだいたとは思えないので、この芝居を見るために博覧会に行ったと考えてよい。

さて、この博覧会についても牧野が説明してくれている。じつはこの開会式でちょっとしたエピソードがあったのである。この芝居を開会式前に下見していたケンブリッジ公が、開会式に出席し、式後のレセプションで歯に衣きせぬ感想を述べるという一幕があった。翌々日（五月六日）の『タイムズ』には、式後のレセプションの様子とケンブリッジ公の挨拶の全文が掲載された。

まず公は開会にいたるまで協力と尽力を惜しまなかった各方面のひとびとに深甚なる謝意を表し、ついで博覧会の目的を説明し、会場の展示物やアトラクションの素晴らしさをほめる。ところが、エンプレス劇場の芝居の話になると突如調子を変え、（聴衆のおどろきをよそに）はっきりとこの芝居は「間違っている」と断言した。なぜなら、義和団の蜂起後つぎつぎとおこった恐ろしい事件によって心身が傷つき、その傷がいまだ癒えぬひとびとが多数いるというのに、ホリディ・ショーのためにそれを生々しく再現するのは適当とは思われぬからだという。

これを皮切りに、あるいはこれに勢いを借りてというべきか、公は芝居の出来そのものにもきびしい批判をあびせる。曰く、公使館員たちを演じる役者たちがこの巨大な劇場にひびけとばかりに痙攣《けいれん》的な声を張り上げるのはグロテスクで愚かしい。これはスピーカーズ・コーナーで多数のスピーカーたちが互いに相手をこき降そうと声を張り上げているのと同断である。舞台上の景色は美しい。衣装の色彩は変化に富んでいて見事である。群衆はよく訓練されている。無駄な金を使っていないことはわかる。しかし、ここには「創造力はおろか想像力さえもない」。

公はこのように厳しく批判しつつも、一方では義和団員の集結の場面や各国の連合軍が進軍する最後の場面は最高の見ものであり、義和団員の黄色と白の外衣と真紅の頭飾り、かれらが持つ長い剣、槍、幟《のぼり》などが織りなして美しい絵を作り、その儀式は（よく理解できないがゆえにそれだけ余計に）印象的である。

登場人物が一〇〇〇人を越すスケールの大きい芝居のなかで、役者たちはそれぞれ中国人、イギリス公使館内のヨーロッパ人、救済にあたる水夫や兵士たちを演じ、皆てきぱきと行動し演技に気合が入っている。かれらの衣装は万華鏡さながらに色彩の調和をつくり、じつに華麗かつ効果的である……などと称賛を惜しまない。

しかし、しょせん「歴史に忠実であろうとするあまり、ただ単に非現実的な場面を必要以上に作り出すだけで、登場人物はまるでバシャン地方の雄牛の如く怒鳴り合っているだけである」と最後まで批判の調子をゆるめない。

この芝居を見た感想はいかなるものであったか、残念ながら漱石はなにもいい残していない。

（4）漱石は一九〇一年一二月一八日の寺田寅彦宛の書簡で、日本人の「柔術使と西洋の相撲取の勝負」のことに触れている。しかし、これについては別の章でくわしく述べた。

このように牧野の記述は、漱石の日記や書簡の記述を補っており、当時をしのぶ貴重な資料を提供している。

漱石帰国後の牧野——修業時代から世に出るまで

さて、牧野のその後はどうであったか。本格的な活躍は漱石の帰国後にはじまったことはさきにのべた通りだが、まずは一九〇二年八月号の『マガジン・オブ・アート』に載せた水彩画（前掲）は『タイムズ』や『デイリー・メイル』などの新聞で好評を博した。これを契機に牧野にも幸運の女神が微笑みはじめた。

翌々月の一〇月には子供用の絵本『ジャパニーズ・ダンピィ・ブック』を出版、漱石の帰国する一二月には『イングリッシュ・イラストレイテッド・マガジン』にエッセイ（「いかにして日本の子供たちは新年を祝うか」）を寄稿、挿絵六枚を添えた（図版3）。この号には一枚刷りの口絵も寄稿している。このエッセイが好評だったらしく、同誌の翌年一九〇三年二月号には「私の見たロンドンの町並み」（挿絵八枚）、同年十二月号には「芸者の本当の話」（挿絵七枚）を寄稿している。

画家だけでなく文筆家としても徐々にその頭角を現しつつあったことがわかる。この年（一九〇三年）はまた三月から五月にかけて雑誌『ブラック・アンド・

図版3

ホワイト』に水彩画七枚をカラーで掲載、一〇月にはもう一冊の子供用の絵本『子供がいて銃をもっていた』(ディーン社)を出版する。これはイギリスの同名の童謡を日本を舞台に移し、登場人物もすべて日本人に仕立てた楽しい絵本である。全ページを美しい色刷りの挿絵で飾り、英文は牧野の手になるものであった。

そのころ、スピールマンを介して作家兼詩人のダグラス・スレイデンを知り、スレイデンの日本を主題にした短編小説に挿絵を描くのが牧野の仕事になった。『カッセルズ・マガジン』掲載の「イギリス公使のスペインの姪」(一九〇四年二月号)「愛する乙女と戦争」(同誌五月号)「シキタの日本の恋人」(一九〇五年一月号)などがそれである。

以上は『ブラック・アンド・ホワイト』寄稿の水彩画を除き、大部分が挿絵であった。しかし、牧野の目指す本来の仕事は挿絵ではなかった。牧野が目指したのは本格的な水彩画だったのである。

その希望がかなう日が徐々に近づきつつあった。一九〇四年の一一月には『ステューディオ』に「秋」(カラー)を、そして翌一九〇五年九月には同じ『ステューディオ』に「ウェストミンスター、クロック・タワー」(モノクロ)を掲載する。これらはいずれも全面一ページ大の水彩画である。

『カラー・オブ・ロンドン』の出版と成功

一九〇六年は牧野にとって「驚異の年」であった。この年の六月、最大手の出版社チャトー・アンド・ウィンダス社からロンドンをテーマにした一連の水彩画の制作を依頼されたのである。スピールマンの推薦によるものだが、牧野はさっそくロンドン市内をくまなく歩き、週に一枚、総計六〇枚の絵を完成させた。文章は歴史家のW・J・ロフティが当たり、やがて出来上がったのが『カラー・オブ・ロンドン』（図版4）であった。

一九〇七年五月に出版されたこの本は

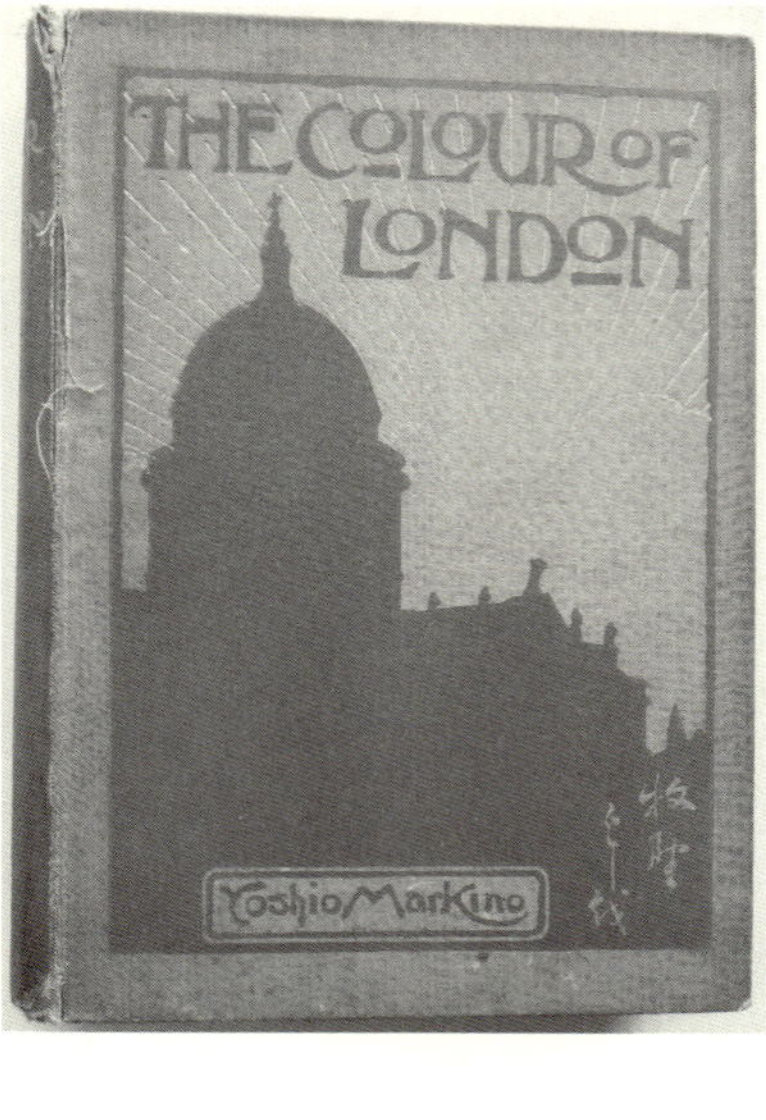

図版4

ただちに好評裡に迎えられ、ほとんど無名だった牧野の名を一躍世に知らしめる結果になった。これら六〇枚の絵のなかにはロンドンの霧を描いた絵が多く、そのため牧野はのちに「霧の画家」と呼ばれるようになった。

『カラー・オブ・ロンドン』の出版にはひとつのエピソードがある。それを牧野自身はつぎのように書いている。

チャトー社では『カラー・オブ・ロンドン』を皇室図書館の方式に従い、紫色の皮革で製本し、金色の王冠をちりばめ、エドワード七世陛下に献上することになった。それで私に、献上文を認めよというので、次のような意味のことを書いた。

「日本帝国臣民某。謹んで書を陛下に奉呈す。某、陛下のロンドンの美景を深く愛し、不肖を顧みず、常に拙筆を以て写生しつつありし處、陛下の良臣数名非常なる好意を以拙画数十枚を集めここに一冊の書を発行するに至れり、陛下若し御笑覧を賜らば、不肖の光栄これに過ぐるものなし。」(『滞英四十年今昔物語』)

すると数日後、侍従長ノーリス (Knollys) 伯から返書があった。

本官は貴下の書状をかたじけなくも陛下にご呈示せしところ、陛下は貴下の著書『カラー・オブ・ロンドン』を喜んでお受けするとのこと、その旨貴下に知らせよとの勅命ありたり。

本を送ると、早速侍従長から礼状がとどいた。

本官は貴下の著書を陛下に奉呈せし處、陛下には殊の外満足にご覧遊ばれ、該書はバキンム宮殿の皇室図書館に永久に保存し、貴下に礼状出されよとの勅命ありたり。

牧野は「私の身に余る光栄に、ただ感激するばかりだった」と書いている。このエピソードにはもうひとつのエピソードが加わる。じつは二番目に来た侍従長の手紙をこの私が持っているのである（図版5）。どういう経緯で私のところまできたのか詳らかにしないが、いえることとは、私がアメリカの古本屋から買ったアメリカ版『日本人画工倫敦日記』のなかに何気なく挟み込まれていたのである。

ともあれ、『カラー・オブ・ロンドン』の成功は、ロンドンの霧を描く「霧の画家」牧野をイギリス画壇に位置づけた。まさにこの年四月、漱石は『坊っちゃん』を『ホトトギス』に、九月には『草枕』を『新小説』に発表し、翌年には朝日新聞社に入り、本格的な作家生活を始めている。奇しくも同じ年、両者が一方は画家として、他方は作家として出発したことは偶然とはいえ、あまりにもよくできた偶然であるような気がする。

さて、ここで「霧のロンドン」について少しばかり触れておこう。それをするに当たっては、漱石にふたたび登場願わねばならないということもある。

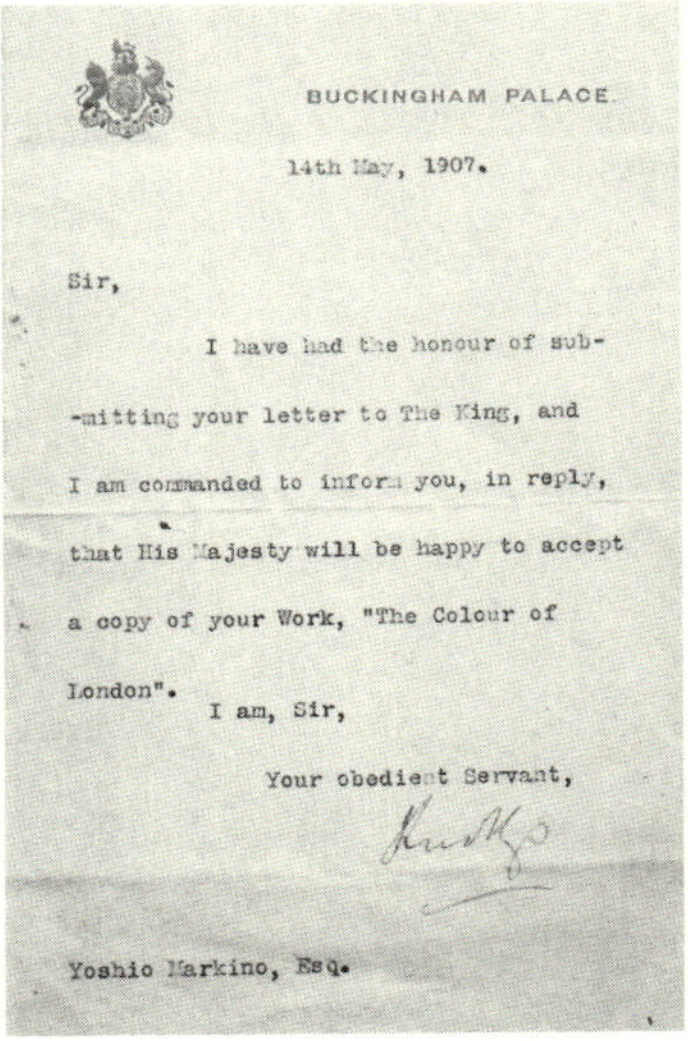

BUCKINGHAM PALACE.

14th May, 1907.

Sir,

I have had the honour of submitting your letter to The King, and I am commanded to inform you, in reply, that His Majesty will be happy to accept a copy of your Work, "The Colour of London".

I am, Sir,

Your obedient Servant,

Yoshio Markino, Esq.

図版5 侍従長ノーリスの書簡（筆者蔵）

ロンドンの霧

漱石がロンドンに着いたのは、前述のように明治三三年一〇月二九日の夕刻であり、すでにロンドンは霧の季節に入っていた。翌三四年一月三日の日記に書いている。

ロンドンの町にて霧ある日、太陽を見よ。赤黒くして血の如し。鳶色の地に血を以て染め抜きたる太陽はこの地にあらずば見るあたわざらん。

鳶色というのは茶褐色のことで、ここでは霧の色のことをいう。ロンドンの霧に茶褐色の色がついていたのは、暖房用に炊く石炭が煙突から大量の煙を吐きだし、それが霧を染めていたからである。ロンドン名物といわれた霧も半分は煤煙だったから、濃霧の日の外出は覚悟が必要だった。漱石は書いている。

ロンドンノ町ヲ散歩シテ試みに痰を吐きてみよ。真っ黒なる塊りの出るに驚くべし。何百万の市民は此の煤煙とこの塵埃を呼吸して毎日彼らの肺臓を染めつつあるなり。我ながら鼻をかみ、痰をはきては気のひける程気味悪きなり。（明治三四年

一月四日）

イギリス人はこのような霧に好意を抱かない。秋から春にかけて毎日のようにたち込める濃い霧にうんざりしていたのである。ちょうど日本人が雨の降りつづく梅雨の季節にうんざりするようなものである。

じじつ、かれらはこの霧をピー・スーパー（pea-souper）と呼んで、豆スープ（ピー・スープ）にたとえていた。ピー・スープというのは、煮たエンドウ豆を裏ごしして作る濃い野菜スープのことで、昔小学生が無理やり食べさせられたまずいスープの代名詞であった。そのどろっとした濃い褐色の色合いと不快感がロンドンの霧に似ているというのである。ちなみに、ディケンズはロンドンの霧のことを「ロンドン・パーティキュラー」と呼んでいる。

しかし、ロンドンの霧がすべて悪いわけではない。霧にはつぎのような効用もある。すなわち、霧はひとびとを部屋に閉じ込め家庭的ならしめる。霧がなければ家庭の談話もそれほど快活にはならないだろう。加えて、霧のおかげでイギリスの冬の社交は一段と光彩を放ち、クラブの生活をいっそう懐かしいものにする。

そういう一面もたしかにある。しかし、霧（スモッグ）がひとびとの健康によくないことはたしかだし（人々はハンカチを口にあてて道を歩いた）、それのみか濃霧の日は昼間でもあたりが暗くなり、商店や民家はあかりを灯し、夜ともなれば漆黒は一段と度を増す。鉄道線路のフォッグ・シグナルは爆発音をひびかせ、子供も大人も松明をたよりに手さぐりで道を歩く。乗合馬車や辻馬車の御者はたがいに声をかけ合いのろのろと進み、それでも歩道に乗り上げ、ガス灯の柱にぶつかり、ときには接触し衝突する。旅行者、仕事帰りのビジネスマン、遠くまで使い走りに行く者は車道にはみ出さないように、家々の欄干づたいに用心深く歩き、突然警官らしき者に出くわすと、悲痛な声で方向を聞く……。こういったことがときに悲惨な人身事故につながったとしても不思議ではない。

霧による被害は深刻であった。一九五二年一二月の濃霧は四〇〇〇人の犠牲者を出し、政府はいそぎ特別調査委員会を設け、一九五六年には「クリーン・エア・アクト」（空気清浄化法）を成立させる。これが功を奏するまでには多少の時間がかかったが、ようやく一九六二年一二月を境に、ロンドンはその名物「ピー・スーパー」から解放される。

野口と牧野の見たロンドンの霧

さて、イギリス人にとってはこの上もなく不快な霧も外国人の目から見ると、必ずしもそうは映らない。一九〇一年一一月に牧野をたよってロンドンに来た野口米次郎もそのような外国人のひとりであった。かれは到着するとすぐに詩集の自費出版を企て、翌年二月に『東海だより』と題する一冊の詩集を刊行したことはすでにのべた。この詩集には霧をうたった詩が多く、野口がロンドンの霧をこよなく愛したことを物語る。のちに出版するその名も『霧の倫敦』と題するエッセイのなかで野口は霧の魅力をつぎのように書いている。

英国人は霧を嫌ふ。……然し外国人の非論理的態度といふか、愉快な皮肉といふか、私はこの倫敦にこの霧という欠点があるので一層倫敦を愛した。——倫敦の霧にはふしぎな美がある。——灰色の霧の姿は如何なるものよりも生きてゐる。霧に覆はれた世界は暗明の世界だ。其世界では夢と現実とが永劫の一つの長い悲しみで結び付けられてゐる。灰色の霧の歌は最も気高い歌だ。何たる雰囲気が霧にあるであろう。霧の魔法に触れるとひとは理想への不思議な路を求めることが出来る。

野口はさらに「私は霧の鑑賞がないと、倫敦の冬三か月は全く耐へ切れないものだと思っている」とつけ加える。

牧野義雄もまたロンドンの霧をこよなく愛した外国人である。『日本人画工倫敦日記』のなかでかれはつぎのように書いている。

霧は最も興味深い研究対象である。私は昼となく夜となく通りを歩き、一日一二時間も歩くことがあった。戸外をさまようとき私はいつも夢見心地であった。——霧を観察すればするほどそれに惚れこんだ。（原文英語）

また『カラーオブ・ロンドン』の序文では「歳月と霧がロンドンの建物を美しくしている。私はよく自分の理想にぴったりのモデルや風景が見つからないと画家がこぼしているのを聞くが、霧のロンドンは私自身の理想をはるかに越えている」といい、つぎのようにつづける。

私は霧の成分を分析する化学者ではない。それが健康に良かろうが悪かろうが、私には問題ではない。霧の色とそれがもたらす効果はじつに素晴らしい。霧のないロンドンは花嫁衣装を付けない花嫁のようなものだ。私は秋の薄い霧も好きだが、濃霧もまた好きだ。夏の日でも霧のヴェールがかかる。私がはじめてロンドンに来たとき、建物、ひとの姿、そして遠くにあるすべてのものがふつうより大きく見えた。ここでは遠景が突如として一面霧に覆われるからである。それが私にはたまらなく魅力的である。ロンドンの霧に魅了された私はもはやロンドン以

図版6　「クロックタワー」

外の場所で生活できるとは思えない。

霧に惚れ、霧に魅了された牧野はロンドンの霧を多数描いた（図版6）。かれが駆使するシルク・ヴェールという水彩画の手法はこれまでに誰もなしえなかったロンドンの霧の魅力を再現するのに成功した。野口米次郎は「牧野は倫敦の霧を絵の上で扱って芸術的エフェクトを挙げた。そして彼ら（ロンドン子）を開眼させた」と最大限の賛辞を贈った。

漱石の見た霧

さて、もうひとりの日本人、夏目漱石はロンドンの霧をどのように捉えていたのであろうか。先に引用したように、漱石はロンドンの街を散歩したとき、「我ナガラ鼻ヲカミ、痰ヲハイテハ気ノヒケル程気味悪キナリ」といい、火曜日にクレイグ先生宅へ個人教授を受けに行った日はたいてい帰宅後「入浴ス」と日記にあり、戸外の煤煙と塵埃《じんあい》のひどさが想像できる。しかし、郷に入れば郷にしたがえで、やがて漱石もロンドンの霧を懐かしみこそすれ、けっして嫌悪しなくなった様子がうかがえる。たとえばつぎの如し。

ウエストミンスター橋を通るとき、白いものが一、二度眼を掠めて翻った。瞳を凝らしてその行方を見つめていると、封じ込められた大気の裡《うち》に、鴎が夢のように微かに飛んでいた。その時、眼の上でビッグベンが厳かに十時を打ち出した。仰ぐと空の中でただ音だけがする。

じつは、このウェストミンスター橋の霧を野口米次郎もまた『霧の倫敦』のなかで触れているのである。ロンドンに来て初めて霧を見た日の感想である。

私は其日に倫敦で名高いウェストミンスター寺院の脇に架かっている橋の上に立って居た。理由なしに立ったのではない。……其日は倫敦人の所謂豆スープの日で、深い霧に倫敦が覆われて理性を失って仕舞うという日だ。私は始めて倫敦の霧なるものを見たのである。……この霧の倫敦は全く私の気に入って仕舞った。

ふたりの日本人が同じウェストミンスター橋に立ち、同じ霧を見てこのような文章を書き残した。不思議な符号だといってよいが、ここにもうひとり日本人がいた。いうまでもなく牧野義雄である。牧野の「ウェストミンスター橋の春の霧」と題する絵はロンドンの霧の絵のなかでも傑出したものであろう。牧野もまたウェストミンスター橋の得もいえぬ霧の魅力を描いた。

かくして、漱石の日記や書簡の記述を牧野は文章や絵で補った、というより、両者はともに独自の世界を歩みつつ、期せずしてロンドンの霧を芸術の域まで高めたといった方がよいだろう。

もう一枚の霧の絵

もう一枚、私が好きな牧野の霧の絵を紹介しておこう。「チェルシー・エンバンクメント」と題する絵で（図版7）、テムズ川の土堤（エンバンクメント）沿いのアルバート・ブリッジ付近の風景を描いたものである。橋を渡れば向こう側には広大なバタシー公園が広がっている。

——少し雨模様だがロンドン子はあまり気にしない。ガス灯が鈍く橋の上を照らし、光の影を歩道に落としている。近くには屋台があり、そこだけが人間らしいぬくもりを醸しだしている。それもそのはず、ここはコーヒー・スタンドで、日本ならさしずめ屋台のラーメン屋というところである。ひとびとは冷えた体をあたためようと遠くからも近くからもやってくる。コーヒー以外にもちょっとしたスナックの用意がある。主人は陽気に客を迎え入れ、にぎやかな談笑につつまれる。夜の更けるのも忘れて、ここだけが別天地である。外では深い霧が橋やガス灯や屋台やひとをすべて覆いつくしている。——牧野の霧への愛着はどうやら人間にたいする愛着と重なっているように見える。

図版7 「チェルシー・エンバンクメント」

牧野の描いたイギリス女性

つぎはその人間、なかんずく牧野が最も愛したイギリス女性の絵である。牧野の人柄がそうさせたのだろうが、かれの周囲にはたえず女性が集まり、かれを愛し、かれに親切であった。牧野は感謝していう。「私のいまあるのはやさしいイギリス女性のおかげである」と。

牧野の著述『わが理想の英国女性たち』はイギリス女性にたいする賛美と感謝の念から綴ったものである。英文のタイトルは *My Idealed John Bullesses* というが、じつのところ、idealed という単語も John Bulless(es)（John Bull の女性形）という単語もない。牧野の自家製英語であり、かれはこのように自分の作った英語を平気で自分のコンテキストのなかに入れて使う。（ちなみにこの本のアメリカ版は *Miss John Bull* となっており、いかにもアメリカ的ユーモアを感じさせる。）じつはこういうところがイギリス人から見て、愛嬌だったのかもしれない。英文そのものは一応流暢だが、いかにも和製英語である。しかし、イギリス人から見ると、予想外の表現が新鮮に映ったに違いない。ともかくも、牧野は一切頓着しない。天真爛漫である。そういうところが女性にもてた理由なのかもしれない。

『わが理想の英国女性たち』には、イギリス女性の美点がいろいろ書かれている。イギリスの若い女性はホッケー、ゴルフ、テニスなど戸外のスポーツが好きで活動的である。これは他の国では見られない。自然の懐にいだかれて、小鳥の鳴き声を聞き、野原の美しい花々を見、春の青々と燃える木々の葉や、秋の黄金色に輝く美しい紅葉に接するとき、ひとは思わず知らず純化される。自然が純粋で神聖だからだ。イギリスの若い女性がしばしば「小羊」と呼ばれるのは、彼女たちが小羊のように活発であり、かつやさしいからである。

さらに牧野はいう。若い女性は人生で最も大切な時期を過ごしている。一般に気持ちがセンチになり、ロマンティックに傾き、いたるところに誘惑が待ち受けている。のぼせあがり、堕落してゆくケースもよく見るが、それは家のなかに閉じこもり、感情がセンシティブになりすぎているせいである。イギリスの女性はそういうところがない。彼女たちは戸外で活発に活動し、自然と同様に純粋で神聖である。青春時代の過ごし方をよくわきまえているからだと。

彼女たちが得たものは肉体的にも精神的にも偉大である。女性が肉体的に強いとき、その国は強くなる。女性が精神的に強いとき、その国は高潔になる。女性は国の背骨である。

ゆえに、「たいへんモラルの高い国を見ると、それは女性のせいだと私は信じる」。そういう国がイギリスだと牧野はいうのである。

しかし、牧野はイギリスの女性に苦言を呈することも忘れない。なぜイギリス女性はフランス女性のファッションをまねようとするのか。これはやめるべきである。フランス女性はなにが自分に似合うかをよく知っている。服装の趣味はたしかに洗練されて素晴らしい。それをイギリスの女性がまねてもまったく似合わない。なぜなら、フランスの女性は背が高く、鳩のように胸が出、ヒップがうしろにはみ出している。彼女たちは女性的（フェミニン）であり、感情も女性的である。それにたいしてイギリスの女性は、ギリシャの女神のように首が長く、肩がはっている。感情はフランス女性のように女性的ではない。文学、科学、芸術、ひいては政治問題にも関心をもち、純真で神聖である。そういう女性は、自己の威厳を誇示するような奥ゆかしい服を着用すべきである。女性的な服装は似合わない。彼女を卑俗に見せるだけである。卑俗はイギリス女性とは無関係なものである……。

それならば、牧野義雄が理想とするイギリス女性の服装とはどのようなものか。それを知るには、牧野が描く絵を見るのが一番よい。多くの女性の絵から敢えて一枚をえらぶのは難しいが、私はつぎの一枚を挙げることにする（図版8）。これは『わが理想の英国女性たち』の口絵に使われた絵だが、なるほどここに描かれた女性はたしかにフランヌ女性のように胸もお尻もない。帽子が多少大き目だが、（これは見えないが）出ていこれは当時の流行だから仕方がないとして、服装は派手でも地味でもない。しっくりと落ちついている。いかにも牧野のいう「純真で神聖」なイギリス女性といった感じであ

図版8　「ロンドンの霧のなかで」

る。

この絵に見るように牧野はイギリスの女性を霧のなかにおいて見るのが好きであった。かれは書いている。

霧の日にイギリス女性を見ることほどロマンティックなものはない。……ジョン・ブレシスは霧を通して見るのがいちばん魅力的である。霧は彼女たちの顔をすばらしい色にする。(『わが理想の英国女性たち』)

この絵の背景も霧にかすんでぼんやりとしか見えない。絵の女性は背景の濃い霧のなかからいましがた抜け出して来たばかりである。霧と女性。両者を見事に結びつけた絵といってよい。題して「ロンドンの霧のなかで」という。

その後の牧野義雄

さて、『カラー・オブ・ロンドン』を出版し、霧を描いて成功した牧野は急に多忙になった。出版社の要請に応じて、一九〇八年一二月には『カラー・オブ・パリ』を、一九〇九年一〇月には『カラー・オブ・ローマ』を出版する。いずれも牧野の絵が多数挿入され、『カラー・オブ・ロンドン』と同様、これらの絵は本文なくしても十分通用するものであった。ロンドン、パリ、ローマの三部作を完成させると、つぎは『内側から見たオックスフォード』（一九一〇年四月刊）のために絵を描いた。かくして、牧野はイギリス画壇でその名を知らぬ者のいない存在になった。

成功はそれで終わらなかった。はやくから牧野の文才に注目していた出版社チャトー・アンド・ウィンダス社は、牧野にロンドン滞在日記を書くように勧める。かくして、できあがったのが『日本人画工倫敦日記』であり、一九一〇年五月に出版されるとたちまち世評を獲得し、増刷に増刷を重ねた。カラー三部作にまさるとも劣らぬ、いや、それを上回る好評ぶりであった。

図版 9　Yoshio Markino

率直な内容もさることながら、牧野の風変わりな日本式英語がイギリス人の好奇心に訴え、新鮮な感動を呼んだのである。文人牧野の輝かしい誕生であった。

『日本人画工倫敦日記』で大好評を博した牧野は、ひきつづき著作に専念し、『わが理想の英国女性たち』（一九一二年二月）『幼少時代思い出の記』（一九一二年一〇月）『述懐日誌』（一九一三年一〇月）をつぎつぎと発表していった（図版9）。いずれも「内容と結びつく雰囲気と繊細さを備える」牧野の絵が本文を飾っていた。評判は『幼少時代思い出の記』について書かれた『スペクテイター』の一節――「牧野義雄の新作は魅力に満ちている。もはやいうまでもないことだが」に十分見てとることができる。

ロンドンの日本人画家——原撫松《ぶしょう》のことなど

漱石から始めて

まず漱石のことから始めよう。

漱石は三四歳から三六歳までの二年数か月間をロンドンですごした。その間、五回下宿を変わっているが、最後の下宿、クラパム・コモン、ザ・チェース八一番地の下宿（リール姉妹の家）には最長五〇四日間滞在した（一九〇一年七月二〇日から一九〇二年一二月五日まで）。

その間、この下宿には多くの友人知人が訪れている。そのなかのひとりに画家の浅井忠がいた。浅井は一九〇〇年二月二八日から一九〇二年七月四日までパリに留学し、帰途一九〇二年六月二八日頃から数日間ロンドンに立ち寄り漱石を訪れ、同じ下宿に滞在している（帰国は八月一九日）。このとき浅井四六歳、漱石は三四歳であった。

当時、画家のほとんどはパリに留学しており、浅井と同時代に留学した画家は他にも多くいた。たとえば黒田清輝、織田三郎助、和田英作、小山正太郎、久米桂一郎、河北道介、田中半七などである。浅井忠もそのひとりであった。

さて、この下宿は漱石帰国後も日本人と無縁ではなかった。まず、英文学者の平田禿木《とくぼく》がいる。禿木は漱石の下宿にいてつぎのように書いている。

夏目さんの倫敦の下宿を自分も知っている。河向こうの本所といった、労働者の多いバタッシィ公園から遠くないクラパムにずっと住んでいたのだ。ザ・チェースというあの通りもコムモンの方へ近い上手になると、蔦《つた》や鉄銭花などをからました幾分瀟洒《しょうしゃ》とした邸宅もあったが、宿はずっと裾の方になっていて、場末に見るわびしい住居が軒を並べていた。スピンスタアの標本ともいうべき未婚の（リール）姉妹が主人で、老耄《ろうもう》した退役陸軍大佐が同居していて、その老人が地階の表の一室を客間兼食堂にして、家の者や他の下宿人は地下室で食事をし、夏目さんは三階のベッド・シッティング・ルームに陣取って、チャリング・クロスあたりに古本屋をひやかしに行く以外は殆ど外出もしなかったらしい。実に侘しい、しがないその日を送っていられたのだ。(これは前も引用したが重要なので再引用した)

これは『禿木随筆』のなかの一節である。これで見るかぎり、禿木は漱石の下宿を外側から客観的に見たように書いている。しかし、実際はこの下宿の住人であり、リール姉妹の世話になり、退役軍人にも会い、漱石の生活のあれこれを聞いたことがあったのである。なぜ禿木がこのように韜晦《とうかい》した書き方をしたのかわからない。が、かれがこの下宿に住んだことは一足先に渡英しオックスフォードで留学生活を送っていた島村抱月の日記(『渡英滞英日記』)を見れば明らかである。抱月は大学の休暇中にはロンドン見物に出かけており、そのとき禿木を尋ねているのである。抱月三二歳、禿木は三〇歳であった。　禿木は一九〇三年(明治三六年)二月一一日に、漱石が帰国時に利用した貨客船「博多丸」で横浜を出発、四月二一日にロンドンに到着、九月半ばにオックスフォード入りするまでの約五ヵ月間をリール家で過ごした。その後オックスフォードで抱月と合流、一九〇六年(明治三九年)六月一六日に帰国している。

禿木がロンドンのこの下宿に来たのはおそらく漱石の紹介であろう。同じ英文学者であったふたりは日本で知り合う機会はあったはずだし、漱石が紹介したことは十分考えられる。漱石の紹介といえば、もうひとり、抱月の日記に出てくる下村観山も同じではなかっただろうか。かれも禿木と同じ船に乗り、同じ日にこの下宿に入っているのである。観山はこのとき三〇歳、禿木と同い年である。帰国は一九〇五年（明治三八年）三月二〇日、約二年間の滞在であった。

ここで下村観山についてすこしつけ加えておこう。岡倉天心の三羽烏といわれた観山はこの頃すでにかなり名の知れた日本画家であった。三羽烏とは横山大観、菱田春草、下村観山の三人である。

観山は日本を発つ前、つぎのように日本画にたいして批判的であった。

足利時代の少し蜜な所を見ても、解剖（写実）や遠近法などは悉く欠点だらけです。けれども、何故かよく見えます。何故よく見えるか知りませんが、彼（西洋画）のように解剖（写実）や遠近法を完成せしめたら、なお一層よいものができはしないかと思います。（『下村観山展カタログ』）

そう考えて、イギリスではもっぱら模写の習得に力を入れた。テイト・ギャラリーにあるジョン・エヴァレット・ミレーの「ナイト・エラント」の模写もそのひとつである。ミレーの原画と観山の模写を比べてみると、全体から細部にいたるまで対象を写実的に捉える洋画の手法を学ぼうとしたあとがわかる。

ロンドンでは模写の他に自ら絵も制作している。つぎの「倫敦之夜景」(図版1)はその一例である(明治三七年/一九〇四年制作)、夜霧に霞むロンドンの夜の街を、いきいきと描写し、淡彩によるぼかしの手法は油絵の模写の成果であろう。

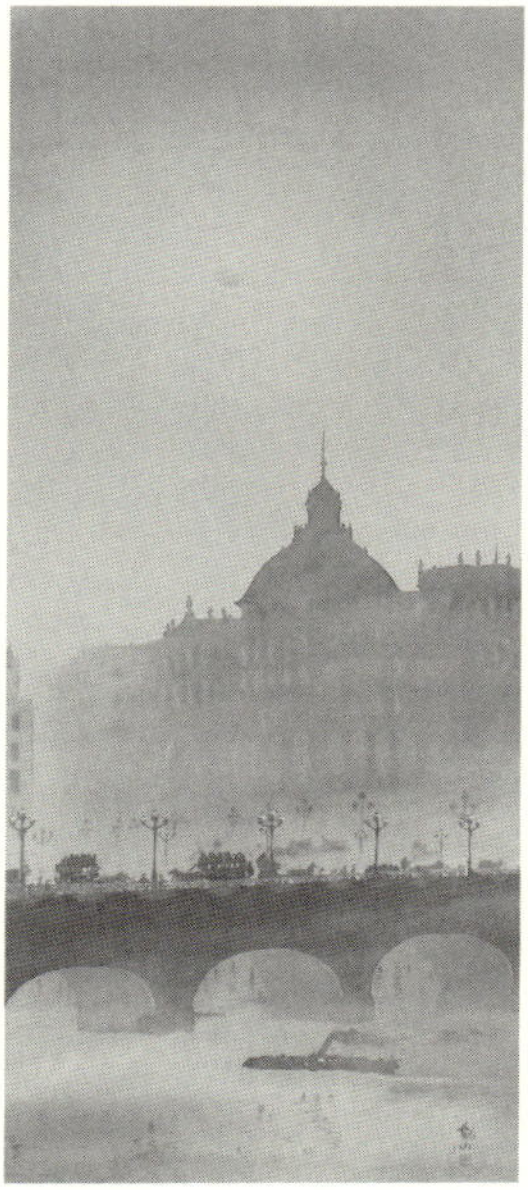
図版1　「倫敦之夜景」

倫敦以前の原

さて、以上はまえがきで、この辺で本題に戻って原撫松のことを書こう。

原は観山がロンドンにいるとき

渡英している。一九〇四年六月一一日にドイツ汽船ジーデン号で横浜を出発、同年七月二八日にロンドン入りし、それから三年後の七月二八日に離英している（この間の学資は貯金による自費と後半は森村市左衛門その他パトロンの援助によった）。

ロンドンでの原について述べる前に、それ以前の原について簡単に述べておく必要がある。

原は一八六六年三月七日に、岡山藩士原金兵衛の息子として岡山に生まれた。父は没落武士で、ひとり息子の原に期待するところが大きかった。

父はひとり息子を商人にしたいと思っていた。しかし、五、六歳のころから絵を描く以外、何にも興味を示さず、毎日絵ばかり描いていた。心配になった父はある日息子にいった。「これからは絵を描いてはならない。そんなことをしていると、何の役にも立たない「画家」なんていうものになってしまうぞ。」そして、絵具、筆、画用紙まですっかり取り上げられてしまった。少年は、それにこりず、そのうち木片で砂に絵を描きはじめた。成長するにつれ絵に対する情熱は益々高まり、やがて肖像画に優れた才能を発揮しはじめた。父はとうとうため息をつきながらいった。

「ああ、うちの息子は画家になるべく生まれてきたようだ。これじゃ。とうてい商人にはなれない。こうなったら、画家にしてやるしかない。」(牧野義雄『述懐日誌』)

こうして一八七五年から一八七九年までの初等教育のあいだ、原は絵描きになることを許され、一八八一年三月、卒業と同時に若干一五歳で京都府画学校に入学する。前年に設立されたばかりの学校であった。三年間懸命に絵の勉強に励み、一八八四年一月八日、優等第一位で卒業する。この年五月二一日に父を失っている。

一八八五年三月に京都府宮津中学校図画教員となり、同年一一月には滋賀県師範学校に転任した。しかし、二年後の一八八七年には教員を辞し岡山へ帰り、誰にもつかずひとり絵の勉強にはげんだ。やがて肖像画の才能を発揮するようになり、一八九六年に帝国鉱山局長・伊藤弥次郎の認めるところとなり、伊藤の勧めで上京、伊藤邸に寄寓する。「撫松」の号はこのとき伊藤より贈られたものである。

これを契機に伊藤の紹介で多くの著名人を知り、かれらの肖像画を依頼されるようになる。そのなかには九代目市川団十郎、五代目尾上菊五郎、森村市左衛門などがいた。かくして、原は肖像画の分野で確固たる名声を築くことになった。

収入も増え、一九〇三年頃京橋区三十間堀三丁目六番地に家を借り、岡山より母と妻を呼び寄せた。その後も多くの肖像画を描きつづけ、同時に海外留学の準備を始める。一九〇四年に木挽町の森村市左衛門邸に一家をあずけ、原は六月一一日横浜より英国に出発する。森村市左衛門はノリタケ・チャイナの総帥。原に特別の好意をよせ、一家を屋敷内に住まわせたのである。

ロンドンにおける原撫松

一九〇四年七月二八日に原はロンドンに到着する（帰国は一九〇七年一〇月九日）。それからの原をいくぶん年代記的に追うことにする。

八月六日にウィデン・グリーンに下宿を見つけ、一〇月頃からナショナル・ギャラリーでレンブラントの模写を始める。後に友人になる牧野義雄は「ナショナル・ギャラリーには模写を専門とする画家がひとりいた。実際のところ、その画家より原の方が画家としてずっと優れていると私は思っていたが、熱心で謙虚な美徳を持つ原は、早速この画家の弟子になることを決めた」という。同時にケンジントン・ミュージアムにも水彩画の模写にいく。のちにヴィクトリア・アンド・アルバート・ミュージアムと呼ばれる博物館である。

一一月になると下宿を変わり、サウス・ケンジントンのシドニー・ストリートにある下宿に移る。ここには一八九七年からロンドンにいる牧野義雄（一八六九―一九五六）が下宿していた。以後ふたりの交友は蜜で、帰国後の原の死までつづく。牧野はこの頃貧窮の極にあり、働きながら絵の修行に励んでいた。ふたりがなぜ知り合うようになったのかは不明だが、おそらく絵の勉強に熱心な原の存在はすぐにロンドンでも知られるようになったのだろう。

一九〇五年が開けると一月二日にジョージ・フレデリック・ワッツの回顧展を見にいく。このラファエル前派の流れをくむイギリスの画家にいたく感動した原は一四日にも再びワッツを見て、その画風を学ぼうと考える。

一月二八日にはナショナル・ポートレイト・ギャラリーにターナーの水彩画を見に行く。二月二五日には牧野とともにホイッスラー展を見に行き、二七日にも再びホイッスラーを見る。一九〇五年三月三日の日記によれば、原は牧野とともに美術評論家M・H・スピールマンに会っている。スピールマンは『マガジン・オブ・アート』誌を主宰するイギリス美術界の泰斗であった。このとき、スピールマンはふたりに一時間以上もレクチャーをし、シーモア・ルーカスをはじめ新進のイギリス人画家たちを紹介した。

五月、ハムステッドの下宿に移る。一〇月、サウス・ケンジントン、レッド・クリフ・ロードのボールトン・スチューディオ一八号室を借りる。モデルを雇えるほどの余裕ができたので、週のうち二日は模写に通い、その他の日はアトリエでの制作に専念するようになった。

一九〇六年になると、ますます絵の研究に打ち込むようになる。牧野は書いている。

　私は何度も原に、ロンドン塔や水晶宮に案内しようといった。するとかれはいつも首を横に振り、「ここに来たのは油絵具の使い方を学ぶためだ。他のことをする暇はない」という。原はすべての時間を絵の勉強につぎ込んだ。三年間の滞在のあいだ、ロンドンで原が見たのは、おそらく下宿と美術館と、その間の道だけだっただろう。（牧野前掲書）

この頃、原は絵描きとしてかなり自信をもちつつあり、イギリス人からも高い評価を受けるようになっていた。「当地でも一人前の絵描きとして決して恥ずかしくないだけになったつもり」と日記に書く。

三月、ボールトン・スチューディオの一四号室に移る。

原の模写

この年の九月に、原にとって記念すべき出来事が起こる。前記の美術批評家スピールマンが『グラフィック』誌上（九月一日号）で原の仕事を取り上げたのである。その記事のなかで、原は「西洋絵画の油のこなしや、運筆、情趣、彩色、魅力などの奥妙《おうみょう》のすべてをほんの数か月で習得し、……作品の評価においてもあやまてるところがない」と書いた。この頃、原の作品は「一枚百ポンド（約千円）の呼び声が高かったという。

一九〇七年になると一月早々に再び『グラフィック』誌上でスピールマンは原を取り上げ、その模写のよさに言及した（一九〇七年一月一二日）。レンブラントの「老裁縫女」

「ヤコブ・トリップ像」の模写を写真入りで掲載し、原の探究心、画法の分析力、技法をつぎのように絶賛した。

これらの模写は、この画家が対象の根本に迫っていることを示しており、かれの鋭敏な探究心に富む目がレンブラントの手法を看破し、その作品がどのような絵具と筆致によって構築されているかを把握したことを証明している。私はこれほど素晴らしく、理知的な模写を見たことがない。

スピールマンの称賛を受けたこの頃、原は模写をやめ、モデルを使って自らの絵の制作に励むようになる（図版2）。

原が模写した画家

これまで原が模写した絵にはどんなものがあっ

図版2　原撫松

たのか。かれは模写によって、イギリスで油絵技法をできるだけ身につけようと考えた。描いては消し、消しては描き執拗に模写をつづけた。模写は油絵の技法を習得するのに最良の方法だと考えたのである。

まず最初に模写したのはレンブラントである。ナショナル・ギャラリーにある「帽子の男」「三四歳の自画像」「ヤコブ・トリップ像」「使途パウロ」などであった。

一九〇四年一二月、ロンドンに来てすぐに始めたのが、「帽子の男」の模写であった。ついで翌年一九〇五年の四月頃までは「三四歳の自画像」、一九〇六年には「ヤコブ・トリップ像」と「使途パウロ」を模写している。レンブラントを多く模写したのは、原の本業である肖像画を研究するのに最も相応しい画家だと考えたからである。

イギリスではこのほかに多くの作品を模写している。それらを列挙すると、チャールズ・エドワード・ウィルソンの水彩画「田舎の釣り師たち」(サウス・ケンジントン博物館)、J・J・シャノンの「フラワー・ガール」(テイト・ギャラリー)、ターナーの水彩画(ナショナル・ギャラリー)等であり、ターナーについては日記につぎのように書いている。

ターナーの水彩画のスケッチを見た。色々苦心のあとが一目でわかる。感心した。

やはりえらい。ここまで熱心に研究せねば本当のものはできぬ。

つぎにあげておかねばならぬのは、「チャンドス・ポートレイト」とよばれる「シェイクスピア像」（ナショナル・ギャラリー）の模写である。これはジョン・テイラー作とされている（一六一〇年頃）が、たしかなことはわからない。同じ絵をサー・ゴッドフリー・ネラーやサー・ジョシュア・レノルズが模写しているところを見ると評価の高いシェイクスピア像であったことがわかる。これを模写するに当たって、原はスピールマンの助言を得たものと思われる。というのは、スピールマンはシェイクスピアの肖像研究の権威であり、『ブリタニカ』にもそれに関する記事を載せているからである。原撫松の数少ない研究家丹尾安典はこれについてつぎのように書いている。

原は英国最大の劇作家を取り上げて、模写の腕前と肖像画としての力量を発揮しつつ、スピールマンや他の恩義ある画家たち、そして多くを学んだ英国精神にたいし、精一杯報いようとしたのではないか。（『原撫松展』カタログ）

この模写は森村市左衛門が所有していたが、関東大震災後に東京大学図書館へ寄贈されたという。

このほかに原が模写したのは、回顧展で感心したJ・F・ワッツの作品「愛と生」(テイト・ギャラリー)「エレン・テリー」(ナショナル・ポートレイト・ギャラリー)がある。ワッツについては「英国近世の画家中、まずワッツの右に出るものあるまじ。余も大いにワッツを学ばんかな。……色の温厚なる、影の深き、最も注意すべき所なり」と高く評価している。イギリスでの最後の模写(一九〇七年八月一六日)はベラスケスの「フィリップ四世」であったらしい。

以上のように、原が模写したのは肖像画研究の手本として最も重要視したレンブラントをはじめとして、水彩画を含む幅広い画家や作品におよんでいたことがわかる。

自作の制作

一九〇七年五月一五日の妻宛の手紙に「昨年の九月からまったく古画の模写をやめて、毎日毎日モデルにより描いている」と書いているように、模写には一応の区切りをつけて、自分の絵の制作に取り組み始めた。絵の模写によって自信をつけた原は、いよいよ自作に専念するようになったのである。

その初期の試みが、「老人像」（一九〇六）であった。絵具は薄塗りながら、質感の表現は見事であり、これらは疑いもなくレンブラントから学んだものである。

これを手始めに、以後多くの絵を制作するが、目立つのは老人を描いたものが多かったことである。なぜ老人なのかはわからない。しかし、やがてモデルを使うようになると、若い女性も描くようになる。その代表作がマーガレット・マンラブ嬢をモデルにした「裸婦」（一九〇六）である（図版3）。この絵について佐藤一郎はつぎのように書いている。（『原撫松展カタログ』）

明色と暗色、明暗と色彩、厚塗と

図版3　「裸婦」

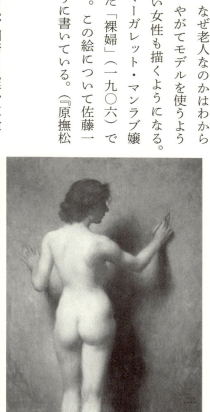

薄塗、不透明な塗りと透明な塗り、という相反する要素を同一画面に登場させ、それらが緊密に絡む重層構造を純化させた先に、原が無意識的に表現しようとしたのは空間であった。「裸婦」の形態は背面であり、壁に写った影が正面である。まるで影が人体を描いているような錯覚にとらわれる。「裸婦」のポーズは、これを描く画家の姿勢と相似形をなしている。そこには単なる対象の表出でない彼そのものの個としての表現が成り立っている。

つぎに描いた「横向き婦人」のモデルもエリザベス・マンラブだとされる。女性モデルはこのエリザベス・マンラブのほかにリリー・マンラブや通称子猫さんやワード嬢等がいた。

原は若い女性を対象とするにあたっては、日英の女性の差について一見識を持っていた。牧野義雄は原の見解をつぎのように伝えている。

芸術家にとって、人間の体は神聖で美しいものだ。しかし、それは西洋においてだけだ。日本の女性の裸体画は僕は好きじゃない。日本の女性の美しさは、思慮深さ、貞淑さ、優雅さといった、完全に内的なもので体は成熟しているとはいえず、洗練された感じがない。

ひきつづき人物画の制作をつづけるが、やはり老人像が多かった。

図版4　牧野義雄のロンドン

さて、ここで友人の牧野義雄のことにふれておくと、牧野は苦節一〇年、ようやく水彩画家として脚光をあびるようになる。一九〇七年五月八日に出版された『カラー・オブ・ロンドン』に六〇枚の絵を描くことを依頼され、この本は一躍評判になり牧野の名をロンドン画壇に知らしめた。ひきつづき『カラー・オブ・パリ』、『カラー・オブ・ローマ』の三部作を出し、つづいて『内側から見たオックスフォード』を出版する。

牧野がどのような絵を描いたかを知るために、『カラー・オブ・ロンドン』のなかから代表的なものを掲げておこう（図版4）。

下の絵はトラファルガー・スクエアを描いたものだが、じつは原も同じ場所を描いているのである。「霧の広場」と題する水彩画（図版5）がそれで、ナショナル・ギャラリーを前にしたこの広場は、原が何度も通ったなじみの場所であり、ここでスケッチしていると、多くのロンドン子が周りを取り囲んだという。これを見てもわかるように、肖像画家として位置づけられる原は風景画も能くした。ターナーやコンスタブル等風景画の天才を生んだイギリスに留学した以上、風景画にたいする関心も少なからずあったに違いない。模写し

図版5　「霧の広場」

たりモデルを描く日を除いて、風景スケッチに多くの時間を当てている。残された作品は少ないが、日本に帰ってからは、肖像画よりも風景画の方により興味を示したという。

原が牧野に最後に会ったのは、一九〇七年八月六日、『カラー・オブ・パリ』のためにパリへ行く牧野を見送ったときである。それから三か月後に原はロンドンを去っており、去る前に試みた最後の模写は八月一六日から始めたベラスケスの「フィリップ四世」であった。同じ月に友人の画家の肖像画「ヘンリーの肖像」を描いている。

一〇月九日、イギリスを発ちニューヨーク経由で帰国。ふたたびイギリスの土地を踏むことはなかった。

なぜ、イギリスか

原は当初留学先をフランスにするかイギリスにするか悩んだというが、結局最後はイギリスを選んだ。さきにも書いたように、当時フランスに行く日本人画家は多く、浅井忠のように帰途イギリスに立ち寄る者もいたが、イギリスへ留学する者はほとんどいなかった。

しからば、原がイギリスを選んだ理由は何だったのか。

原自身はその理由に言及していないので、推量するしかないが、まず第一に考えられることは、イギリスが肖像画の盛んな国であったことだろう。この国は昔から肖像画において独自の発展を示しており、ロンドンには世界で初めての肖像画だけの美術館ナショナル・ポートレイト・ギャラリーがある。そればかりではなく、ロンドンには美術館や博物館はほかにもたくさんある。ナショナル・ギャラリー、テイト・ギャラリー、ケンジントン・ミュージアム等は距離的にも互いに近いところにあり、原のような熱心な勉強家にとってはじつに便利な街であったといえる。

つぎは日本で親交のあった水彩画家・三宅克己（一八七四―一九五四）の影響であったといわれる。しかし私は何よりも原の性格によるものだと考えたい。原は画壇の主流から離れてひとりで制作することを好み、日ごろから口癖のようにいっていた。「誠実でありさえすればよい。世俗的な野心に惑わされることはない」と。これこそかれの信念であり、群れを離れた一匹の小羊のイメージと原は重なる。

したがって、ロンドンの交友も牧野義雄をのぞいては決して広いものではなかった。

その点、牧野の紹介で美術批評家のスピールマンの知遇を得たことは原にとっては至福であったといえる。『マガジン・オブ・アート』を主宰するスピールマンは、「親切にも、一時間以上も原の絵について論じた。そして、私たち二人にシーモア・ルーカス、アーサー・ハッカー、ソロモン・ソロモンを紹介してくれた」（牧野）のである。これらは、当時英国画壇で地位を確立しつつあった若い画家たちであり、原の油絵技法研究に大いに役立ったと考えられる。

スピールマンはまた二回にわたって美術週刊誌『グラフィック』誌上で原の絵を論評してくれたことはすでに述べたとおりである。ロンドンで原が会った画家のなかには、模写の指導教授をしてくれた美術館の画家とか、原が肖像画を描いた画家ヘンリーなどもいた。

帰国後の原

原がイギリスから帰国したのは、一九〇七年（明治四〇年）一一月であった。

しかし、その後原は作品を公にせず、弟子を持たず、展覧会組織を核とする画壇にもほとんど接触することがなかった。まさに隠遁の画家であった。世間との交際を絶った原に好意的な共感を寄せる者はおらず、周囲は冷やかな眼差しを向けるだけだった。丹尾安典は書いている。(前掲カタログ)

日本近代美術史は、展覧会組織を柱として組み立てられている。よって、美術団体間の勢力構図の外にある者は美術史からはずされてしまいがちである。しかしながら、もし美術史に制度体系とは別の、技量・精神を含む芸術的達成を尺度とする体系がありうるならば、原の画業はその中軸に据えられるべきものであろう。

かくして、日本に戻ってからの原は、留学中に身につけた技術を十分に発揮することがなかった。加えて原は、渡英期の激しい勉強の無理がたたったのか、しだいに体調を崩していったのである。一九一〇年(明治四三年)一一月二七日、盲腸炎の腹痛に倒れて以来、翌々年の四月までしばしば発作におそわれ病臥、ようやく築地の病院で手術を受けてこの病魔の手から逃れたものの、なお体の回復はおぼつかなかった。

原はこのとき別の病いに蝕まれていたのである。胃癌であった。確定的な診断をくだされたのは、一九一二年（大正元年）九月のことである。医者はあと一年の命と宣告したが、天は一年どころか、わずか一か月しか余命を与えなかった。

原の死

死後、ロンドンの牧野の要請に応えて、原の妻は臨終の模様をつぎのように伝えた。

いっそう衰弱が強まると、夫は祈りはじめました。「ああ、神様、少しでも私の芸術を憐れんでくださるのなら、どうかあと二年、いや一年でもいい、私を永らえさせてください」。……一週間ほどのあいだ、夫は何も食べず、そのうち耳が聞こえなくなり、誰にも話しかけなくなりました。ただ、弱々しい声で「絵が描きたい。絵が描きたい」とつぶやくばかりでした。そして、筆をもって絵を描いているように右手を動かしつづけました。そのうち、右手は固く硬直してしまいました。大きく見開かれた目にはもはや何の野心もなく、まるで生まれたばかりの子供の目のようでした。私には夫の姿が神様のように写りました。夫はやすらかにこの世を去り

ました。最後はまるで眠りにつくかのようでした。(牧野前掲書)

別の記述によれば死の直前の様子はつぎのようであった。

一〇月二七日、原は人見純一少年に、病床からかすれるような声で、石盤を買ってきてくれと頼んだ。そこに原は「トコズレ」と書いた。次第に手足が紫色になってゆき、医者は「チアノーゼ」と告げ、正午ごろ上腕にモルヒネを注射し、画家は静かに息を引き取った。(丹尾安典)(同カタログ)

原と死は決して無縁ではなかった。すでにロンドン時代に原は死について深く考えるところがあったようである。牧野はつぎのように書いている。

原は私に「死」と名づけた絵を見せてくれ、切り立った断崖のあいだに、深く、薄暗い谷があり、濡れた白いナイト・ガウンを着た若い女がひとり、低いほうの断崖から、ずっと上なるもう一方の断崖へとわたろうとしている絵だった。北明かりのような強い光が、その女の姿を遠くから照らしている。手を延ばし、その光をつかもうとする女が足場を失い、暗い谷に落ちてゆくように見える。芸術作品としてその絵が一級品であり、原の絵のなかでも傑作の部類に入ることは間違いなかった。しかし、女の恐怖に満ちた顔は見るに絶えず、また、女がこれからあの暗闇に落ちていくのだという予感は、あまりに恐ろしく感じられた。（牧野同書）

これはまさに人間の死にたいする恐怖を描いたものであり、原は牧野に死についてつぎのようにいったという。「僕は死に瀕した友人を見舞ったことが何度かある。彼らはみんなこんなふうにいっていた。〈地の底に引き込まれていくようだ。枕をひきあげてくれ〉とね。僕の絵は死の一面を捉えている。そのことは確かだ。」（同書）

必ずしも健康に自信があったとはいえない原は、死に対する恐怖を絶えず心のどこかに持っていたのではないか。それはかれが死に最も近い老人像を数多く描いたことにもあらわれている。そして原は自分自身の死についてもたえず思いをめぐらすことがあったのであろう。それを物語る絵が一枚残されている。ロンドン時代の最後の年に描かれた「影の自画像」(図版6)と題する絵である。この絵で原は現し身の自分ではなく、影の自分を描くことによって、この世にいない自分を描こうとしたのではなかったか。原の死をロンドンで知った牧野は深い悲しみに包まれた。と同時にかれは考えた。

親友を失った悲しみとは別に、私は大きな落胆を感じていた。将来有望な画家になるはずだった原を失ったことが無念でならなかった。……生き永らえていれば、もっと偉大な画家になったことだろう。原はまちがいなく、日本だけでなく世界に通用する偉大な画家になったはずである。……私の希望も将来の夢も何もかも消えてしまった。(同書)

帰国後も原はロンドン再訪を繰り返し語った。多くのものを学び、吸収し、こよなく愛したロンドンへの再訪を。しかし、そのロンドンで勉強した成果を実現し得ないまま原は四六歳で逝った。数少ないイギリス留学の油絵画家、原の死を思うとき私の心もまた深い悲しみに閉ざされ

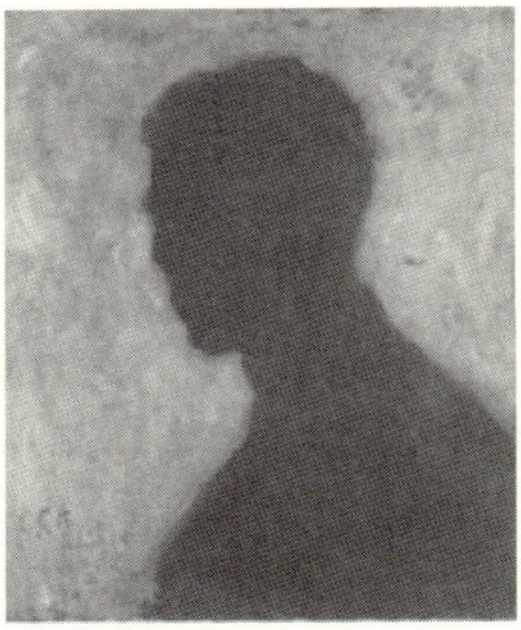

図版6 「影の自画像」

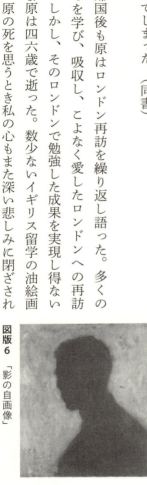

る。牧野は原についてつぎのように書いた。

原はまさしく、日本の武士道という名の心優しい木に咲いた、イギリス文化という名の輝く花である。（同）

ユキオ・タニ――「日本の柔術使」

明治三四年（一九〇一）一二月一八日、漱石はロンドンから病床に伏す正岡子規に宛てて手紙を書く。のちに『ホトトギス』（明治三五年二月一〇日刊）に掲載されたその手紙のなかにつぎの一節がある。

先達「セント、ジェームズ、ホール」で日本の柔術使と西洋の相撲取の勝負があって二百五十円懸賞相撲だというから早速出掛て見た。五〇銭の席が売切れて入れないから一円二十五銭奮発して入場仕ったが、夫でも日本の聾《つんぼ》桟《さ》敷《じき》見た様な処で向の正面でやって居る人間の顔などはとても分からん。頗る高いじゃないか、相撲だから我慢するが美人でも見に来たのなら一円二十五銭返して貰って出て行く方がいいと思う。ソンナシミタレタ事は休題として肝心の日本対英吉利の相撲はどう方がついたかというと、時間が後れてやるひまがないというので、とうとうお流れになって仕舞った。その代わり瑞西（スイス）のチャンピオンと英吉利のチャンピオンの勝負を見た。

漱石は一二月一八日以前のいずれかの日にセント・ジェームズ・ホールに「日本対英吉利の相撲」を見に行っている。結局は見損なったが、漱石が一度は見たいと思った「日本の柔術使」とはいったい誰のことか。荒正人氏によれば、「ユキオ・タニ（谷幸雄）ではないかと想像される」といい、かれは「一九歳の青年柔術家で、イギリス全土で、レスラーや拳闘家などを投げ飛ばした。……イギリスに、最初に柔道を紹介した人物である。初めは、警視庁で、次には、陸軍と海軍の学校で教えた。」（「漱石研究年表」集英社版『漱石文学全集』別巻）と書く。そして典拠とした文献として牧野義雄著『滞英四十年』（昭和一五年二月一五日、改造社刊）を挙げている。

じつは、私はこの『滞英四十年』という本を持っている。数年前、東京の古書店で買ったものだが、正式なタイトルは『滞英四十年今昔物語』である。谷幸雄に言及した個所を見ると、ほぼ荒氏のいう通りのことが書かれている。しかし、私は荒氏のように「ユキオ・タニではないかと想像される」とは考えない。漱石のいう「柔術使」は間違いなく「ユキオ・タニ」なのである。そこで、まず当の牧野義雄の文章を引用することから始めよう。

この頃突然名を挙げた日本人があった。それは十九歳の青年柔道家谷幸雄君で、貧乏暇なしの私は同君が何時どうして来英したか知る由もなかったが、外へ出ると到るところの壁に大きなポスターが張り出され、それにユキオ・タニと大書してある。そして「何人たりとも谷幸雄に勝った者は百磅《ポンド》の賞金を与える」と記してある。谷君は到る所の寄席で毎夜屈強な英人十数人を投げ飛ばし、その中には有名な拳闘家やレスラーもいたそうだ。

谷君は全英国を廻ったが誰一人同君を投げて百磅の賞金を獲た者がなく、それで同君を知らない英人はいなかった。

「この頃」というのは前後の文脈から判断して、明治三四年（一九〇一）の末から翌年にかけてのことである。漱石の手紙の時期とほぼ一致しており、「何人たりとも谷幸雄に勝った者は百磅の賞金を与える」というのも漱石の「二百五十円賞金相撲」と一致している。やはり、この日本人は谷幸雄だと考えてよさそうである。

牧野義雄はつぎのようにも書いている。

最初英人は柔道を一種妙な軽業か手品同様に考えていたが、段々これは日本特有の高尚な武道で誰でも学んで得べきものという事を悟り最初警視庁に、それから陸海軍の学校で教えることになり、その他の学校でも教科の一つにかぞえられるようになった。ともかく、英国における柔道の開祖は谷君で、また谷君を英国に紹介した英人バートン・ライト氏もその功績が少なくない。

荒氏の注もこれによっている。谷はやがてイギリスに柔術（以下柔道と記す）が普及するきっかけを作るが、そのかげにバートン・ライトなるイギリス人がいた。このライトについても私はいろいろ調べたが、有力な手掛かりがない。それのみか、当の谷幸雄自身のことも十分にはわかっていないのである。そこで、日本で出た各種の本や辞典を調べてみると、『柔道大辞典』（一九九九年一一月二一日、アテネ書房刊）という本があることを知った。さっそくそれに当たってみると、さいわい「谷幸雄」の項目があり、そこにはいきなり谷の生年が一九〇〇（明治三三）年と書かれている。一九〇〇年は漱石がイギリスへ渡った年である。どうみても間違いだと思われるが、とりあえずさきを読み進めてみよう。谷は「東京都生まれ」で、「神戸の田辺又右衛門について不遷流柔術を学び、後に講道館柔道を修行」、海外にわたったのは日露戦争前（日清戦争後といった方がよいだろう）のことである。まずアメリカ、次いで欧州へ、そして「前田光世、佐竹信四郎、野秋太郎、三宅太郎らとともに各国を回って、レスラーやボクサーと試合を行った。その後、前田、佐竹、三宅はアメリカ大陸へ、大野はロシアのレスラー達と行動を共にし、「谷はロンドンに腰を据え、レスラーと試合を重ねた」。その間、全戦全勝、「リトル・タニ」の愛称で親しまれた谷は「アドミラル・トウゴウ」とともに、イギリス中にその名が知れ渡ったという。「一九二〇年（大正九年）に小泉軍治とともにロンドン武道会（ただの「武道会」が正しい）を設立し、イギリス柔道の発展に大いに貢献した。かれと小泉軍治はイギリス柔道の父と仰がれた」。

以上が『柔道大辞典』の記述である。じつは、この記述は『大日本柔道史』（昭和一四年五月五日、講道館刊）に大部分依拠しており、現時点でこれが谷について知りうるすべてであるように思われる。そして、武道会設立後の谷については、講道館の創設者・加納治五郎が昭和三年に渡欧した際のロンドン見聞記のなかに言及されている一節にとどまる。すなわち「ロンドン滞在中、小泉、谷の両三段が中心となり柔道を指導する武道会の道場に数回出席したが、かつて八年前（一九二〇年）にこの地を訪れたときからみると柔道修行者の数も著しく増加し、その他すべてにおいて一段の進境を認めることが出来た」というくだりである。（『加納治五郎著作集』第三巻、昭和五八年一一月二日、五月書房刊）これが日本で知りうる谷についてのすべてである。そこで私は考えた。イギリスで名を馳せた谷ならば、イギリスの文献に当たってみる方が近道かもしれない。私はまずブリティシュ・ライブラリーのカタログに当たってみることにした。その結果谷幸雄の名前のある本が二冊あることが判明した。一冊は *The Game of Ju-jitsu*（刊行年の記載はないが、納本時期から一九〇六年の刊行と考えられる）であり、共著者としてタロー・ミヤケ、編者としてＬ・Ｆ・ギブリンおよびＭ・Ａ・グレンジャーの名前がある。本文の英語はどうやらこれらふたりのイギリス人の手になるものらしい。一九〇六年といえば、懸賞試合の五年後のことである。一九歳の少年谷はいまや二四歳の青年になっている。もう一冊は *The Art of Ju-jitsu* と題する本で、一九三二年（これも納本時期から推定）に出版されている。著者はイギリス人E・J・ハリソンである。カタログで調べたこれらの本を見るために、私はさっそく滞在中のオックスフォード大学のボドリアン・ライブラリーへでかけた。この図書館は通称コピー・ライブラリーと呼ばれ、イギリス国内の出版物はすべて納本しなくてはならないとされる図書館のひとつである。したがって、どんな本でもある、というよりなければおかしいのである。

まず、*The Game of Ju-jitsu* の有無をコンピューターで調べてみた。やはりある。さっそく書庫から取り出してもらい、見るとこの本には副題があり、「中高等学校や専門学校の使用のために」と書かれている。著者は前出のタロー・ミヤケ（三宅太郎）とユキオ・タニ（谷幸雄）で、他に「日本柔術学校の教師一同」が協力したとある。出版社は「ヘイゼル・ワトソン・アンド・ヴァイニー」。ただし「日本柔術学校の使用のため出版した」となっているから、実際の出版者は当の学校で、おそらく教科書として、あるいは生徒募集の宣伝用として出版されたものだろう。総数八六ページの本文のなかに各種の柔道のわざが九一枚の挿絵で紹介され、それぞれに英文の解説がある。挿絵とはべつに学校の練習風景の写真、三宅太郎と谷幸雄の柔道衣すがたの写真、それにもう一枚柔術学校の教師たち（三宅と谷をのぞく日本人四人、イギリス人三人、うち一人は女性）の写真が掲載されている。この学校がいつ頃できたのかは不明だが、この本がその設立に合わせて出版されたのであれば、一九〇五年から一九〇六年にかけてのことである。以上のことはわかったが、この本からは谷がどういう人物であったかはわからない。しかし、谷の写真が見つかったのはさいわいであった（図版１）。

　そこでもう一冊のE・J・ハリソン著 *The Art of Ju-jitsu* の方はどうかと調べてみたが、本自体がどうしても見つからない。ボドリアン・ライブラリーともあろうものがと思ったが、驚いてばかりもいられない。ともかく、本を捜し出す必要がある。そこで私は最初、そのカタログを見たブリティッシュ・ライブラリーへ行くことにし、一日バスに揺られてオックスフォードからロンドンへと出かけた。目指すはもちろんブリティッシュ・ライブラリーの新館（ユーストン駅に近い）である。手続きを終えて、早速

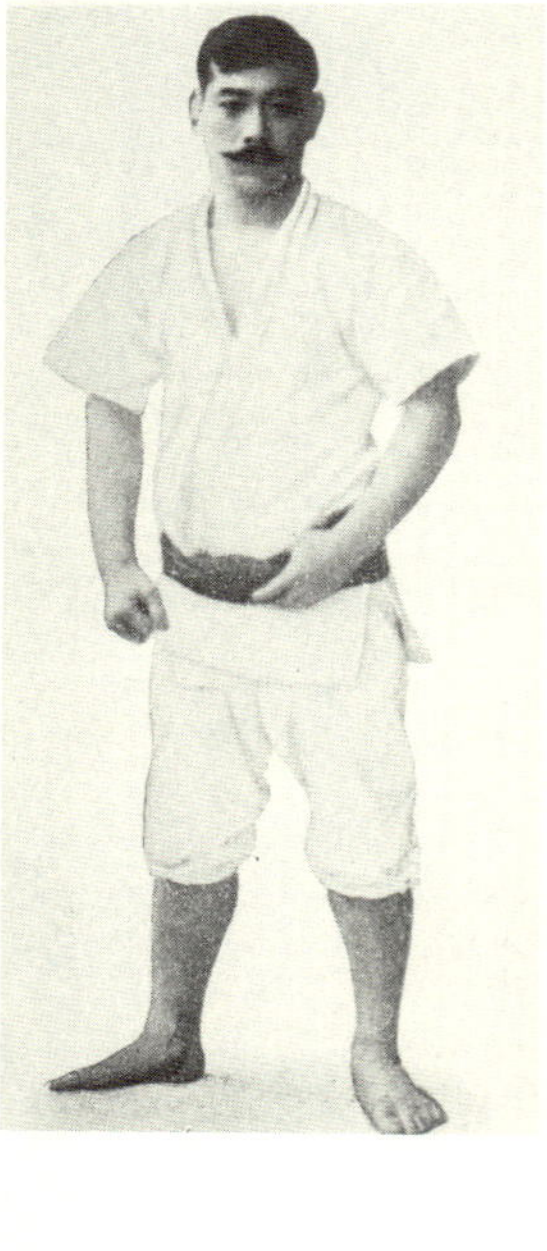

図版１

書庫から先の本を取り出してもらった。見ると、タイトル・ページに「師範谷幸雄の監修で刊行された」とあり、ほかに谷の「序文」があることがわかった。もちろん英文で書かれた序文だが、谷の意図をくんでだれかが英文に翻訳したか、すでに五〇歳を越え、英語にも慣れていた谷が自ら書いたものとも考えられる。この序文は、しかし、単なる推薦文の域を出ず谷自身のことはなにも書かれていない。ただし序文のさいごにある「谷幸雄　武道会」という文字から、谷はさきの日本柔術学校をやめて、この頃武道会に属していたことがわかる。かれはここでイギリス人相手に柔道を教える「師範」であった。現に、この本の著者E・J・ハリソンも同じ武道会で谷の教えをうけたことを感謝している。——ロンドンでの収穫はわずかであったが、ついでに見たい本もたくさんあったので、ブリティッシュ・ライブラリーでは充実した一日を過ごした。

その後、ボドリアン・ライブラリーで私はハリソンの本の新版が出ていることを知った。タイトルは *Judo: The Art of Ju-jitsu* と変わっているが、内容はほとんど初版と同じである。出版されたのは一九六〇年（これも納本期日から推定）、初版が出て三〇年がたっている。もし生きていれば谷はすでに八〇歳の高齢である。しかしこの新版には「谷幸雄の監修で刊行された」という文字はなく、代わりに晩年の谷の写真が一枚本文中に挿入されている。私はいま「晩年の谷」と書いた。じつは谷はこのときすでに死んでいたのである。というのは、この写真――若い頃の面影をとどめた初老の柔和な紳士の写真――には「故谷幸雄」という文字につづいて「西洋に柔道を普及させた先達。谷幸雄は武道会の主導的な師範であった」と書かれている。しかし、これ以外は何の言及もない。

私は考えた。一九〇一年前後にイギリスで出版された柔道に関する本はないだろうかと。もしあればこの国に柔道をはじめて紹介したとされる谷のことが必ず書かれているはずである。ボドリアン・ライブラリーのコンピューターで検索してみると、一九〇一年前後の本は見当たらなかったが、一九〇五年、つまり谷と三宅の *The Game of Ju-jitsu* が出た前年に一冊の本が刊行されていることがわかった。*Ju-jitsu: What Is Really Is* というのがそれで、作者は「アポロ」（これは格闘家としての名称。本名はW・M・バンキヤー）とある。タイトルのあとに「日本以外の国で書かれた日本の護身術に関する最初の信頼すべき本」と書かれている。どうやらこの種の本ではイギリスで出版された最初のものらしい。発行元は『アポロ・マガジン』の編集室とある。

見るとこれは貴重な本であった。私はようやく入口にたどりついた気持ちになった。

多くの谷への言及があるばかりでなく、掲載されている柔道の型を示す写真のほとんどは谷自身がモデルになったものだったからである。さっそく序文を読んでみる。

柔術は多くの専門家の嫌悪の対象から完全に外された。谷が同胞のひとりとティボリ劇場に登場したとき、かれらはそのわざを茶番だといい、競技者をドタバタ喜劇役者だといった。しかし、ごくわずかの期間に谷の人気は急上昇した。かれの示すスポーツは国民的なものとなり、あらゆる種類あらゆる立場のひとびとが肉体的運動に最適なものとしてこれを採用した。

ここにはいつ谷がティボリ劇場に登場したのかは書かれていない。それのみか、谷がいつロンドンに来たのかもはっきりしない（じつは、最近武道会のホーム・ページがあることを知り、それを見て谷がロンドンに来たのは一九〇〇年の後半であることがわかった。漱石渡英とほぼ同じ頃である）。

アポロはつづけて書く。柔道を「野蛮」だというのは日本の格闘技に対する侮辱である。柔道にはひとかけらの野蛮性もない。町の狼藉者から身を護るわざとして、英国や諸外国で第一級の地位を獲得する価値は十分にある。攻撃を察知するための方法と手段は多様でおどろくべき迅速な結果を生む。ゆえにわが国はこれを学ぶ必要性を早くから感じており、「いまや陸軍、海軍、警察、中高等学校、大学、各種運動クラブにおいて、谷の技術はブームになっている。」これは牧野義雄が書いている通りである。谷がブームのきっかけを作った人物であることは間違いないようである。

アポロはイギリスに入ってきた日本の巧みなわざは柔道がはじめてではないという。遠い昔から日本人はイギリスへ渡来しており、かれらの驚くべきセンセーショナルなわざは熱狂と賛嘆でもって迎えられた。とくにその曲芸は見事で、空中曲芸においてはわが国のそれと甲乙つけがたい――。ここでわれわれは漱石の日記のつぎの記述を思い出す。

ヒッポドロームに至る。……日本の軽業岡部一座あり。（明治三四年六月一八日）

ヒッポドローム劇場に行ったら、メインの芝居のほかに日本の岡部一座が軽業をやっていた。アポロの本の出版は一九〇六年、すなわち明治三九年のことであるから、その五年前に岡部一座が渡英していたことになる。おそらくそれよりずっと前から日本の曲芸師はイギリスに来ていたのであろう。そして、一九〇〇年にかれらにつづいてやってきたのが柔道の谷だったというわけである。アポロはさらにつづける。

われわれは谷のなかに「勇気の使者」の見事な典型を見る。かれは日本の国民的かつ合理的な格闘技にたいする英国民の偏見を払拭し、いまや友愛的で真摯な闘いのリングのなかで最も偉大な人格のひとりとなった。……柔術の使い手として谷幸雄の優秀性を否定する者はいないだろう。……谷はものしずかに気取らず闘い、完勝し、誰にも疑いを抱かせない。この国に現れたときから、かれの成功は格闘技史上比類なきものであった。興味は衰えることなく、偉大な長所、謙虚な態度は、はげしい闘いが終わったあとも相手の友好的態度によって証明される。

このようにアポロは谷とその柔道を絶賛する。谷へのほれこみ様は並大抵のものではなかった。ついでに、もう一カ所ひいておこう。

当然のことながら、この本における柔術の偉大な表看板は谷である。かれはわが『アポロ・マガジン』のチャンピオンのみならず、確固たる意味において、英国スポーツ界の日本代表選手である。われわれは強靱な日本人を鼓舞する勇気と確信を谷のなかに見ることができる。谷は「国の魂」を象徴する武士道を地でゆく。……谷は典型的な格闘家である。学ぶべき相手だが、越えることはできない。

序文のなかで谷は何度となく言及され、そのわざの卓越性と性格の謙虚さとまじめさが強調される。本文に入ってからも、谷への言及は随所にあり、第一章はとくに興味深い。われわれはこの章で牧野が言及するバートン・ライトなる人物にようやく出くわすのである。

著者のアポロによれば、バートン・ライトは「日本の格闘家をこの国に初めて紹介した」人物だがその頃「誰もバートン・ライトの名前を知る者はいなかった」という。かれが紹介する日本の柔道は、九ストーン（約五七キロ）の人間が二倍の体重の相手を打ち負かすというので、嘲笑の的になった。アポロ自身もはじめは鼻先であしらっていたが、その責任はバートン・ライトにある。

かれはとうてい出来そうもないことを日本人ができると主張し、イギリス最強のレスラーとの試合を申し出た。ライトは気がふれたのではないかとひとびとはあざ笑った。その結果、日本の柔道家たちはかれらのわざを披露し、強敵と戦って真の力を発揮するチャンスを失った。バートン・ライトのマネージメントが悪かったというのである。

しかし、アポロはこの新しいわざに興味をもった。何か役に立つものがある、まなぶべきものがあると考えた。アポロのこの興味はこれ以後の柔道普及にとって重要である。自身格闘家であったアポロはバートン・ライトに近づき、さっそくひとりの日本人柔道家と闘うチャンスを獲得した。相手は当の谷幸雄であった。ライトによれば谷の体重は九ストーン（約五七キロ）、背丈は五フィート（約一メートル五二センチ）、アポロからみればいとも簡単に始末できる相手である。しかし、結果はみごとに裏切られた。アポロは二分も持たず谷の思うままになっていたのである。アポロは書く。

どうしてそうなったのかは分からない。闘いが終わったとき、私は完全に絞めわざをかけられていた。私と並んで谷は横たわり、大きな口を開けて笑いながら「参ったか」と聞く。私は（空いた方の手で畳をたたいて）敗北の合図を送り、降参した。

するとかれはただちに特殊な絞めわざから解放してくれた。

アポロのこの経験がイギリスに柔道を普及させるきっかけになった。かれの柔道への興味はいやがおうにも高まり、やがて谷を著名なレスラーと闘わせてみたいと考えるようになった。そこで、トム・キャノン、アントニオ・ビエリ、ジャック・カーキークなど屈強な選手をバートン・ライトの許へと連れていったが、コリンズという名のレスラーを除いて誰ひとり谷と闘うという者はいなかった。しかし、コリンズとの試合はたいへんエクサイティングなものだった。一分とたたないうちにかれは激しく投げられ、たたみから飛びだして石の床にに倒れ、失神し、試合の続行は不可能になった。

このときジャック・カーキークが闘わなかったのはいかにも残念だとアポロは思った。カーキークはコーンウォール流レスリングのチャンピオンであり、特別の衣服を着て闘う点で柔道と似ている。激しい闘いは必至だが、谷を負かすとすればかれをおいて他にいないと考えたからである。

ほどなくしてライトのもとを去った谷はアポロとともに全英を回る巡業に出ることになった。どこへ行っても大成功で、行くところ敵なしである。相手が誰であれ一五分以内に倒したが、「試合で一五分間持ちこたえれば二〇ポンド、一五分以内に谷を負かせば一〇〇ポンドの賞金を与える」というのがうたい文句であった。これは漱石の「二百五十円懸賞相撲」や牧野のいう「何人たりとも谷幸雄に勝った者は百磅の賞金を与える」というのに相当する。六か月におよぶ巡業のあいだ、谷は週に平均して二〇人を倒し、いずれのばあいも谷より体重が二から三ストーン、ときには六ストーン多い相手であった。そのなかには、トム・コナーズ、メラーズ、「ブルドッグ」クレイトン、クレムバート、クラーク、ハーペロットなどという名だたるレスラーがいた。

漱石がセント・ジェームズ・ホールに行ったのは一九〇一年一二月一八日以前のある夜のことである。たぶんこの日は、六か月の地方巡業で連戦連勝の大評判をとった谷がいよいよロンドンの劇場に再登場する日ではなかったのだろうか。前評判はすこぶるよく、「到るところの壁に大きなポスターが張り出され」「何人たりとも谷幸雄に勝った者は一〇〇磅の懸賞を与える」と大書されている。それを見た好奇心の格別強い漱石はぜひ観戦してみたいと思った。……しかし、試合は時間切れでお流れになり、漱石はがっかりした。多くのイギリス人にとっても同じ思いだっただろう。

私がつぎに注目したのはアポロが編集する『アポロ・マガジン』である。あれほど称賛する谷をアポロがこの雑誌で触れないはずがない。そう考え、私はボドリアン・ライブラリーの書庫から古いバックナンバーを取り出してもらった。やはり谷への言及はあった。むしろ多数あったといった方がよい。のみならず数回にわたって谷の写真が表紙を飾っている。創刊号が出たのが一九〇三年七月、漱石がロンドンを去った八か月後のことである。谷の写真は第三号の九月号の表紙を飾った（図版2）。写真の下には「谷。素晴らしき日本のレスラー。勝者に一〇〇ポンド」とあり、いまだに谷を負かした者が出ていないことがわかる。つぎの第四号にはオックスフォード・ミュージック・ホールで毎夜九時から行なわれる谷の試合の広告があり、「ユキオ・タニ、有名な日本人レスラー」と書かれ、ここにも「勝者に一〇〇ポンド」とある。加えて「一五分間持ちこたえた者に二〇ポンド。アマチュアで一五分間

図版2

持ちこたえた者には五〇ギニ相当のカップ」と書かれている。第七号に載ったロイヤル・ミュージック・ホールの広告には開演時間が毎夜一〇時、木曜日と土曜日は午後二時半からマチネがあることが書かれており、入場料は六ペンスから二ギニまでとある。会場は違うが漱石は「五〇銭の席が売り切れて入れないから一円二五銭奮発」している。『アポロ・マガジン』はスポーツ全般の雑誌である。しかし、柔道に力を入れようとしている姿勢はどの号を見てもわかり、とくに第三号から始まった連載はそれを顕著に物語っている。"Ju-jitsu: What It Really Is"というのがそれで、筆者はアポロ。副題として「日本の国以外で活字になった最初の完全で正統的な護身術の解説」とある。これを見てわれわれはすぐにピンとくるだろう。そう、これは前述のアポロの本（一九〇六年刊）と同じ内容なのである。毎号載る写真もほとんどが谷をモデルにしており、連載終了後ただちに本にしたものと思われる。

この雑誌には当然のことながら谷の記事も頻出する。なかでも第一〇号（一九〇四年四月）に載ったアポロの「ユキオ・タニとジェム・メラー」と題する記事は興味深い。これは近く行われる強豪ジェム・メラーと谷の試合を話題にしたものだが、そのほかに谷の個人的なことを扱った部分が散見されるからである。「二二歳の谷幸雄は……

一八八二年（さきの武道会のホームページによれば一八八一年が正しい）に東京で生まれた」とあり、つづけてつぎのように書く。

谷は幼少の頃から柔術に必須の肉体と精神の敏捷さを備えていた。一九歳のとき父親が息子に柔術を教えはじめ、谷は真面目に忍耐強く練習にはげみ、急速に腕をあげた。若くして、当時日本在住のある有名な人物（バートン・ライトのことであろう）の目を惹いた。谷の柔術の実用性と優れたわざに注目し、谷をイギリスに連れてきて、柔術をこの国に紹介しようと考えた。場違いな分野における善意の努力がよくそうなるように、かれの努力は実らず、結果、谷の世話は私がすることになった。ながい間かれは期待した成果をあげられずにいたが、「ひとの世の潮の流れにうまくのりさえすれば、幸運をつかめる」という諺がある。それが現実のものとなり、いくたの失望ののち谷はついに英国民衆の支持を獲得した。爾来、着実にかれの評価は高まっていった。そのわざは最初疑いの目で見られたが、連夜の実技の披露と私のペンの力によって、いまや真正のものとして認められ、何千何万というひとが柔術の採用を希望するようになった。

これを見てもわかるように、この雑誌のみならず、アポロはあらゆる個所で柔道の真の姿を紹介し啓蒙しようとしていたことがわかる。その際、谷が各所で柔道の実技を披露し、アポロの主張の正しさを裏付けしようとした。そうなると、イギリスに谷を連れてきたのはバートン・ライトだっかもしれないが、その普及に努めたのはもっぱらアポロ、すなわちW・M・バンキヤーだったことが判明する。アポロの記事は谷の人柄にも触れる。

性格は優しく親切で、怒ったところを見たことがない。ふるまいは紳士的で、イギリスに来た当初は英語がまったく駄目だったが、いまでは読み書きができ、相当流暢にしゃべることもできる。用心深い「生活者」で、酒は一切飲まず、ときどきかるいたばこを吸う程度である。イギリス人や諸外国人によく通じており、自国の日本も心から愛している。大言壮語や自慢を嫌い、ほとんど自分のことを語らない。柔術を愛し、最大限いまの「人生」をエンジョイしている。にがてのものが三つある。花とお菓子と絵はがきである。絵はがきはかれの勇気と名声に敬意を払う多くの女性崇拝者から山とやってくるのである。

行くところ敵なしの谷もついに敗れるときがきた。『アポロ・マガジン』第二〇号（一九〇五年二月）はそのことを大きく取り上げている。相手はイギリス人ではなく、何と日本人である。その日本人タロー・ミヤケ（三宅太郎）がこの号の表紙を飾っており、当の記事「ユキオ・タニの敗北」（筆者はアポロ）の内容はつぎのようなものである。

近頃、谷を五分以内に負かすという人物がこの国に現れたといううわさが流れた。聞いてみると、ロンドンの日本人のあいだで谷にたいする対抗意識が生まれ、そのひとりが日本まで行って、三宅太郎を連れてきた。かれの体重は一二ストーン四ポンド（約七八キログラム）、身長は五フィート八インチ（約一七二・七センチ）と谷をはるかに上回る。三宅はロンドンに着くとすぐに通訳を連れて、アポロを訪れ、谷との試合を申し出た。アポロは三宅を見て、谷より強いと直観し、自分の庇護者（谷）を見捨てたくないという気持ちからその申し出を断った。

しかし、運命の金曜日、三宅は五、六人の同胞とティボリ劇場（谷がデビューした劇場である）に現れ、舞台近くのボックス席に陣取った。アポロが開会の挨拶を始めるやいなや、ひとりの男が立ち上がり、今夜の挑戦者はわが方で出すと申し出た。即席の挑戦を受けるのは恒例である。最初は少しもめたが、劇場支配人が現れ、時間は限られており、最後の試合になるので、試合時間は一五分以内にしてほしいという。アポロはほっと胸をなで下ろした。一五分くらいなら、この強豪を相手に谷はきっと持ちこたられるだろうと考えたからである。ほどなく対決が始まった。しかし、試合は一方的で、谷は防戦にこれつとめ、ついに六分一〇秒で力尽きた。谷は敗北したのである。

三宅は当然のようにその場で懸賞金一〇〇ポンドを要求した。このような結果を予想していなかったアポロは現金の用意がなく、翌朝まで待ってもらい約束どうり午前一一時に支払った。これが谷敗北の顛末である。アポロはつけ加える。

私は最後に感謝したい。国中から電報で谷の敗北に同情してくれたすべての崇拝者の方々に。

誰でも即席で挑戦を受けるといったかぎり、三宅の挑戦を拒絶するわけにはいかない。

しかし、これは日本人同士の闘いであり、しかも体重身長ともに圧倒的に優位な相手との闘いである。アポロも心配したように、結局は日本人が自ら不名誉な結果をまねいた試合であったとしかいいようがない。「日本人はその習慣においてじつに功利的である。かれらは『仕事には友情なし』の格言にしたがって行動する」とアポロは非難する。

これ以後の谷の詳細はわからない。しかし、前述のように、この試合の一年後（一九〇六年）に谷は三宅と共著で *The Game of Ju-jitsu* を「日本柔術学校」から出している。その前後、谷が「前田光世、佐竹信四郎、大野秋太郎、三宅太郎らとともに各国を回って、レスラーやボクサーと試合を行った」（『柔道大辞典』）かどうかはわからない。しかし、前田、佐竹、三宅はアメリカ大陸へ、大野はロシアのレスラー達と行動をともにし、谷がイギリスに残ったことは確かであろう。その後、小泉軍治が一九一八年一月に設立した武道会に当初から参加し（設立年、設立者ともにさきの『柔道大辞典』の記述と異なるが、武道会のホームページによるとこうなる）、師範として後進の指導にあたり、イギリス柔道の発展に大いに貢献した（図版3）。

谷の死が一九六〇年以前であったことはすでに述べたが、同じホームページによれば一九五〇年一月であったことが判明する。六九歳の生涯であった。その死が多くのイギリス人に惜しまれたことは十分に想像できる。一九六八年にケン・スミスなる人物が、*Judo Dictionary* という本を出版した。献辞に「七段大谷松太郎にささぐ。わが師に感謝をこめて」とあり、著者自身も柔道家であったことがわかる。谷幸雄の項目をみるとつぎのように書かれている。

ユキオ・タニ　西洋に柔道を持ち込んだとされる人物。四段、黒帯。武道会の師範をつとめた。

図版3　後年の谷幸雄

第三章　イギリスあれこれ

酒飲みの国イギリス

オックスフォードの街を歩いていると、酔っぱらいによく出くわす。安いサイダー(リンゴ酒)のビンを片手に午前中からほろ酔い気分の失業者(ホームレスか?)を街角でよく見かけるし、金曜日や土曜日の夕方ともなると、パブででき上がった上機嫌の酔っぱらいに英語とおぼしきことばで陽気に声を掛けられる。安息日の日曜日でもそれは同じである。

教会の礼拝が終わるとひとびとは一直線にパブへと向かい、一、二時間後には千鳥足で家路をたどる。イギリスの教会がパブの隣に建っているのは常識であり、教会の帰りにパブに立ち寄るのもまた常識なのである。教会に行かない不信心者(その数は年々増えている)もそれに便乗してバッカスの前にうやうやしく平伏す。

イギリス人の飲酒については昔から話題に事欠かない。話題といってもそれは飲酒の好ましい面よりも飲酒の悪い面のほうが多いのが特徴である。古い文献によれば「イギリス人は外国人のあいだで不断に酒を飲む国民として知られている。かれらは病気になるまで飲む習慣がある」と書かれている。これはノルマン・コンクェスト（一〇六六）以前の話である。

一八世紀の初め海外から安いジンが移入され、下層階級でも日常的に酒が飲めるようになると、ジンの弊害は社会問題になる。世紀半ば、人口五〇万のロンドンで年間九一〇〇万リットル、ひとり当たり一週間に三・五リットルもの量が生産されたというこのジンは、現代のそれのように杜松《ねず》の実で香味をつけた上質のものではなく、きわめてベーシックなものであったからその効力たるや絶大で、一ペニーで酔っぱらい二ペンスで泥酔したという。

下手をすれば死に至るこの危険な酒に利点があるとすれば、何よりも早くいやなことを忘れさせてくれた点であろう。ホガースの「ジン横町」に描かれた、身を持ちくずし病気になり死につつある庶民のいたましい光景は誰の目にも焼きついて離れないだろう。当時ロンドンのある地区では四軒に一軒がジン酒場であり、人口の半数が酔っぱらいであったという。これとは対照的な同じホガースの「ビール街」ではみながビールの恩恵にあずかり、ふくよかでしあわせにあふれた光景が描かれる。

どうやら一八世紀においてはビールは体によく、健康のために飲むべしという風潮があったらしい。その最も代表的な例はベンジャミン・フランクリンの『自叙伝』に書かれているエピソードである。かれがアメリカからロンドンへ渡り徒弟として働いていた印刷工房では使用人が朝食前に一パイント（約〇・六リットル）のビールを飲み、午前中に一パイント、昼過ぎに一パイント、六時前に一パイント、さらに仕事を終えてから一パイントを飲んでいる。イギリスの印刷工房の内部を描いた版画にビールのジョッキが大きく前景に鎮座しているものがあるが、まさにこのことを例証するものであろう。

印刷工たちは一般の労働者よりも高給を取る熟練工だったから、ジンよりも高いビールを飲めたことはわかるが、これだけビールを飲んでも仕事の能率があがると思っていたのだから驚くべきことである。いまから考えるとまるで死に急いでいるようなものだが、これはイギリスの印刷工房だけの話である。しかしフランクリンはこれを悪習と考え、一滴も飲まないどころか、隣の本屋と特別の契約をむすんで本を借り（貸本屋のはしりである）暇を見つけては読書に励んでいる。さすがはフランクリンというべきであろう。

一九世紀になって酒の害がますますひどくなると、ようやく節酒運動、禁酒運動が叫ばれるようになる。そしてこれと並行しておこる顕著な現象がコーヒー・ハウスの急増であった。そもそもコーヒー・ハウスは一七世紀の半ばに始まり、一八世紀の初期にはロンドンだけで三〇〇〇軒を数え、主として中流階級のあいだで大いに人気を博した。そこに行き一杯一ペニーのコーヒーを頼めば、新聞や雑誌が読めるし、街の情報を集めることもできる。オークションもあれば、闘鶏を楽しむこともできる。このような各種の機能を果たしたコーヒー・ハウスも、しかし、世紀後半にはさまざまなクラブに変身し、世紀末になるとほとんど数えるほどに減少する。

ところが、一九世紀初めにふたたびコーヒー・ハウスが復活するのである。その数三〇〇〇軒を数えたというから、一世紀前のそれと全く同じ数である。そこでは新聞や雑誌が読めたし、情報の収集もできた。オークションがあれば、闘鶏もあった。こういった点でも一八世紀のコーヒー・ハウスと変わらないが、ただひとつ一九世紀のコーヒー・ハウスが決定的に違っていたのは、そこに行く客のほとんどが下層階級のひとたちだったことである。これはちょっと意外な光景だといえるだろう。なぜなら、一八世紀にそうであり、一九世紀になってからもそうであったように、下層階級と飲酒は不可分に結びついていると考えられがちだからである。

しかしここにこそ、節酒および禁酒運動家たちの最大の功績があった。かれらは下層階級に浸透する酒（やはりジンである）の弊害を熱心に説き、酒の代わりにコーヒーを飲むことを勧めたのである。しかもそれが功を奏したのだからかれらの運動がどれほどのものだったか想像できよう。やがてパブへ行くひとたちの数が減り、多くがコーヒー・ハウスに行くようになる。そうなるとコーヒー・ハウスの数も増えていく。どこの街角にでもあったコーヒー・ハウスは朝早くから夜遅くまで下層階級のひとたちであふれんばかりであったに違いない。

しかし、これで一件落着というわけにはいかない。やはりコーヒーは酒には勝てなかったのである。一度酒の味を覚えたものがそこから完全に抜け出すことはおよそ不可能である。とくに一九世紀のロンドンのように冬ともなれば漆黒の濃霧が数か月にもわたってたちこめるところでは、滅入った気分をコーヒーをすって紛らわすわけにはいかない。

ひとびとがふたたび酒に帰っていったことは、世紀半ばからふたたびおこった節酒・禁酒運動がはっきりと物語っている。この運動を熱心に唱導したひとりに挿絵画家のジョージ・クルックシャンクがいて、かれは得意とするエッチングや木版画で酒の弊害を数多く描いている。

なかでも連作版画の「ボトル」と「酒乱の子供たち」は圧倒的で、そこにはたった一杯の酒を飲んだのがもとで、家財道具をすべて酒に変え、酒乱になって死んでいく父親と、残された子供たちの悲惨な運命とそれにつづく死が描かれている。クルックシャンクの最後の大作である「バッカスの信仰」でも酒に溺れる者の不幸と酒を飲まない者の幸福が巨大な画面に細大もらさず描かれ、禁酒運動の大会には必ずこれを携えて行ったという。後年ロンドンのテート・ブリテンがこれを入手し、いまでも見るひとに酒の害を訴えている。

さて、ここまで書いてくると勘のいいひとはすぐにお気づきだろう。そう、このころふたたびコーヒー・ハウス運動が盛んになったのである。一八七〇年代から八〇年代にかけておこったこんどの運動は世紀初めのそれとは違い、全国的な規模に発展し、イギリス各地につぎつぎとコーヒー・ハウスが建てられていった。というより、パブがコーヒー・ハウスに模様替えしていったといった方がよい。

ロンドンではコーヒー・ハウス連盟が結成され、機関紙『コーヒー・ハウス・ジャーナル』も発行された。その運動は目を見張らせるものがあったが、はたしてどれだけの効果を発揮したであろうか。機関紙の最初の勢いは徐々に影をひそめ、数年後には姿を消しており、それはとりもなおさずコーヒー・ハウスそのものの運命を物語るものであろう。

それ以後、世紀末までにパブはふたたび勢いを取り戻し、この頃描かれたパブの絵を見ると女性ばかりではなく幼い子供までもがグラスを口にしている。赤ん坊を抱いた女性は泣き叫ぶその子の口に酒（これまたジンである）を注ぎ、一刻も早く寝かせつけようとしている。このような子供たちの運命がいかなるものか推して知るべしであろう。

しかし、節酒・禁酒運動とコーヒー・ハウス運動がまったくむだであったとはいいきれない。これらが本来なら国を亡ぼしかねない過度の飲酒に歯止めをかけたことはたしかだからである。その証拠に現在のイギリスとくらべてみるとよい。歯止めがないばかりか、酒の値段が大幅に安くなり、冒頭に述べたような光景はもちろんのこと、暴力、殺人、婦女暴行、その他酒による犯罪はあとを絶たない。

当局はそれを何とかしようと、コーヒー・ハウスならぬ、パブの開店時間を無制限に延長できる法律を作った。いまの一一時という閉店時間を緩和すれば、路上でのどんちゃん騒ぎも、飲み足りない連中がいかがわしいクラブにくり出すこともなくなるだろう。結果的には暴力も婦女暴行も強盗も少なくなるというのがかれらの考えである。

パブの経営者はもちろん一〇人中九人までがこれに好意を示しており、それにたいして新法は犯罪をいま以上に助長するだけだという反対意見がでるのは当然である。私自身はといえば、パブで酒を飲もうが飲むまいが、九時には寝てしまうのでどちらでもかまわない。ただし、イギリスというこの愛すべき国が亡んでくれては困るのである。

ヴィヴィアン・グリーン

私は夏にオックスフォードに来ると、この町の古本屋を一通り見て回る。あまり変わりばえしない品揃えが不満ではあるが、値段に関してはここ数年ほとんど変わっていない。この点では大いに助かるが、買いたい本があまりないのが難点である。オックスフォードの古本屋もなじみの店がどんどんなくなり、老舗でいま残っているのは昔駅前にあり、いまはハイ・ストリートに店舗を移したウォーターフィールド書店とブラックウェル書店の古本部門くらいなものである。そのウォーターフィールドで珍しくおやっと思うような本に出くわしたのは去年の夏のことであった。

その後一年たち、今年の夏行ってみると数は少なくなっているが、やはり同じ本が同じ場所においてある。去年は書棚数段を占めていたのが今年は一段くらいに減ってはいたが。じつはそこにあったのはヴィヴィアン・グリーンの旧蔵書である。

二〇〇三年に九九歳で亡くなった彼女の蔵書約一〇〇〇冊をウォーターフィールド書店が買い取り、その一部が売りに出されていたのである。その内容はいわゆる「ヴィクトリアナ」といってよいもので、ヴィクトリア朝に関する本、とくにティー・テーブル・ブックと呼ばれる大型の絵入り本が多かった。そのせいか、その一角は古本屋にしてはぱっと華やいで見え、これはいったい何？ と近づいてみたくなるような雰囲気があった。

さて、ヴィヴィアン・グリーンとは誰か。彼女を知らないひとでもグレアム・グリーンは知っているであろう。日本ではあまり読まれなくなり、研究する英文学者も少なくなったが、『第三の男』の原作者といえば誰でも知っているはずである。

かつて早川書房がグリーンの作品集を出し、そのなかには丸谷才一訳の『ブライトン・ロック』も含まれていたが、この作品集もいまでは古本屋であまり見かけなくなった。それはともかく、ヴィヴィアン・グリーンはこの二〇世紀を代表する作家の妻である。私はウォーターフィールド書店に貼ってある新聞の切り抜きから、彼女がオックスフォードの郊外イフィリーで亡くなり、その前には私がよくその界隈を行き来する市中のボーモント・ストリートに住んでいたことを知って、急に身近な存在になったような気がした。

そこでさっそくオックスフォードの市立図書館へ行ってノーマン・シェリーの『グリーン伝』を借り出してきた。もちろんこの大部な三巻本の伝記を全部読むわけではなく、索引をたよりに必要な箇所を拾い読みするのである（この点こちらの索引はよくできている。索引学ともいうべき確固たるものがある）。そうするうちに、じつに意外なことが分かってきた。

ヴィヴィアンがボーモント・ストリートに住み、つぎにイフィリーに移ったことは確かだが、夫のグリーンと一緒にいたのはボーモント・ストリートまでで、以後はずっとひとりで住んでいたことがわかったのである。なぜ夫がいなかったのか。かれはロンドンにフラットを借り、別の女性と住んでいたからである。グリーンはそれ以外にも多くの女性と関係を持った。先の伝記によれば、「ヴィヴィアンは夫がロンドンでドロシーと住んでいること（グレアムはそれを隠そうとしたが）、そのほかにも多くの、じつに多くの女性がいることを私は知っていた。しかし、彼女はそれを夫にひとこともいわなかった。「私はかれが不実であることを知っていた。でも本当のことを知りたくなかった。知らないでおくかぎり、家庭は保たれるのだから……その方が大切だった」。

伝記によればグリーンが関係を持った女性は四七人いて、その多くは娼婦であったという。ドロシーのつぎに現れたのはウォルストン夫人キャサリンで、その頃優しかった夫が変わってしまった。「あれが決定的だったと思う。夫は別人になってしまったのだ」とヴィヴィアンはいう。これが一九四五年頃のことで、以後グリーンはキャサリンとの関係をやめず、妻は気持ちの離れた夫と別居して生涯をオックスフォードですごした。

オックスフォードはヴィヴィアンにとって思い出の多い町であった。ブラックウェル書店で働いていた一九歳の彼女を見て、一目惚れしたのはオックスフォード大学の学生だったグリーンであり、以後三〇か月のあいだに二〇〇〇通の、ときには一日に三通の手紙を書いた。はじめは平静だった彼女もやがてその気になり、二年後にめでたく結婚する。グリーンがカトリックに改宗したのは熱心な信者だった彼女の影響である。

その後グリーンは一家を支えるためにロンドンで仕事をさがし、やがて『タイムズ』の編集部で働くようになる。ちょうどその頃書いた三作目の『内部の男』（一九二九）がハイネマン社に受理され、刊行後六か月にして五刷を数え、五か国語に翻訳されるという異例の成功ぶりであった。かくして二四歳にして作家業に踏み切ったグリーンはしばらくコッツウォルドとオックスフォードのボーモント・ストリートで生活し、その後ロンドンにフラットを借り単身移り住む。それからのことは先に書いた通りである。

夫の不実にもかかわらず、ヴィヴィアンは本来「独立心のある」女性であった。オックスフォードでふたりの子どもを育て、やがて趣味で蒐集していたドル・ハウスの研究にうちこむようになる。ドル・ハウスというのは文字通りおもちゃの人形の家のことで、西洋では一八世紀の昔から女の子のあいだではやった。

この蒐集にはかなりの場所をとり、手狭なボーモント・ストリートからイフィリーに移り住んだ彼女は庭に特製の家を建て、そこを人形の家の家にした(蒐集の趣味はグリーンにもあったらしく、ロンドンのフラットに所狭しと並べられたウィスキーのミニ・ボトルの写真が先の伝記にある)。

やがてヴィヴィアンはこの国で初めてといわれるドル・ハウスの研究書『一八、一九世紀のドル・ハウス』を一九五五年に出版する。夫との別居が始まって一〇年目のことである。その後も同様の本を出版し(図版1)、最後に出したのが『ヴィヴィアン・グリーンのドル・ハウス・コレクション』(一九九五)と題する大型の総カラー本である。

はしがきを見ると、庭に作った人形の家の家(「ロタンダ・ミュージアム」)を建てる経緯とその写真が掲載され、ジャケットには庭のベンチに猫と一緒に座るヴィヴィアン自身の九一歳の写真がある。うすいサングラスをかけているのは晩年になってほとんど目が見えなくなったせいだろうが、ピンクの服に同じくピンクのカーディガンを羽織った彼女は年よりはるかに若く見える。穏やかな顔にかすかな微笑みが見える。

さて、話はここで終わらない。じつは全く偶然、私は二〇〇七年に出たばかりの彼女のもう一冊の本をボドリアン・ライブラリーのショップで見つけたのである。これは三九ページの小型の瀟洒な本で、なかに六枚の木版画（うち四枚は主人公の猫の絵）が挿入され、本文は手書きの原稿がそのまま使われ、版画も彼女手製のものである。『リビーへの月桂冠』と題するこの複製本の元本は一九三七年に作られ、発行場所はクラパム・コモン、ノース・サイド一四番地。ここは当時グリーン夫妻が住んでいたロンドン郊外の家である。

内容はリビーという名の雌猫の話で、

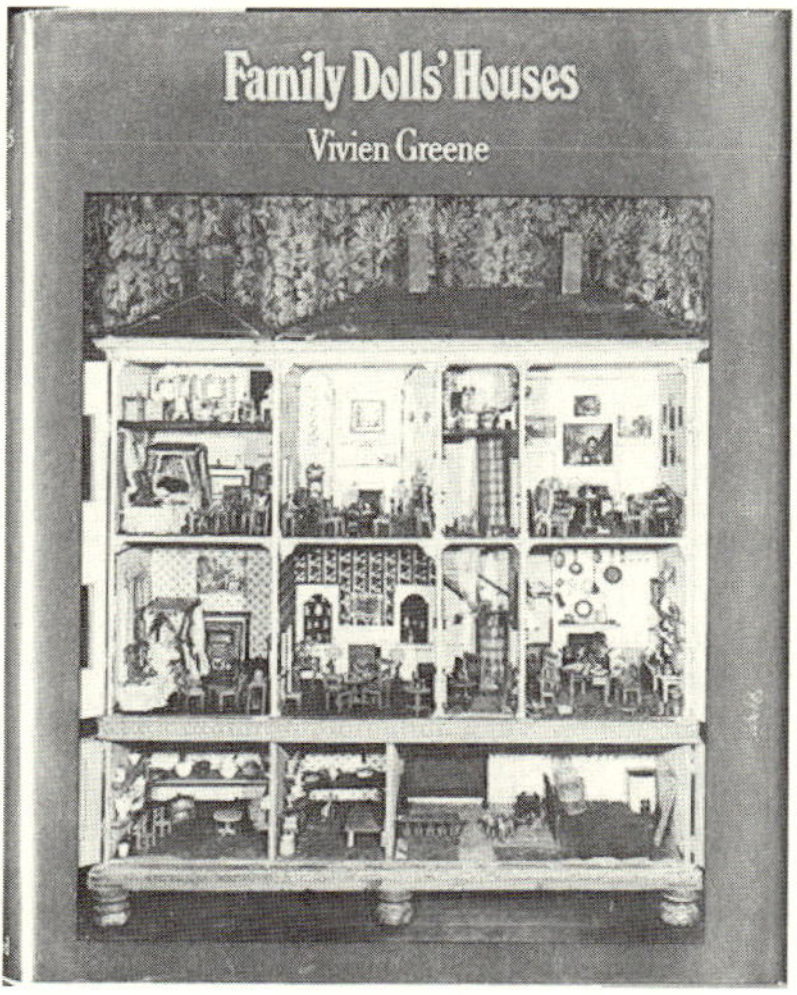

図版1

一九世紀の第二回万博の年（一八六二年）に生まれた彼女は一九三五年まで七〇数年にわたって「私」の一家に住みつづける。その間主人や召使いの都合で、リビー、メトシェラ、キティ、ドン、トム、モエ、クィーニーなどと呼ばれ、ときには雄猫に扱われたりするが、老いてのち最後は自転車に轢かれて死ぬ。

ヴァージニア・ウルフの小説『オーランド』を思わせるような不思議な猫の話だが、この話のもとはヴィヴィアンが一九三七年九月一四日の夜に見た夢であった。翌朝目覚めた彼女はさっそくノートに書きとめ、それを数日かけてきれいな字で清書し、さらに銀やピンクやメタリック色の紙で特別の装丁をほどこして一か月後に一冊の小さな本に仕上げた。

そして、この本――この世でたった一冊しかないこの本――を彼女は愛する夫にプレゼントしたのである。献辞には「ルーシー・キャロラインとフランシス・チャールズのただひとりの父であるあなたに、私の手製のこの本を献じます。一九三七年一〇月一五日、私たちの結婚一〇周年の記念日に」とある。

これが『リビーへの月桂冠』誕生の由来である。ヴィヴィアンの蔵書のなかにこれがあるのを見つけたウォーターフィールド書店は、生きていたら一〇〇歳になる二〇〇四年の誕生日にボドリアン・ライブラリーに寄贈した。それをライブラリーが復刻した今回の本は、ジャケットの真ん中に本文中の木版画を一枚あしらい、表紙は黒一色の簡素なものだが、どことなく気品がただよう装丁になっている。

ヴィヴィアンがこの本を作った一九三七年といえば、グリーンはロンドンの新聞社で仕事を見つけ、他方では作家への道を模索していたときである。家族はふたりの子どもに恵まれ、何ごともない平穏な日々を送っていたに違いない。しかし、運命は皮肉である。夫が希望する作家という地位を手にしたとき、家庭の崩壊は始まっていたのである（ウォーターフィールド書店はその後閉店した）。

ある挿絵画家の復権

いまから一八〇年ほど前にひとりの不運な画家がいた。かれは一八三六年秋のロイヤル・アカデミー（王立美術院）の展覧会に出展する油絵の制作に励んでいた。アカデミーの展覧会は画家にとって最大の舞台であり、かれはこれまでにも数回入選をはたしたことがある。油絵画家になることが夢であり、じじつ将来を嘱望される若手画家のひとりであった。画家の名はロバート・ウィリアム・バス（一八〇四―七五）。こ

図版1

のとき三二歳であった（図版１）。

ところが、ある日、かれの運命を狂わせるようなできごとがおこった。知人の彫版師ジョン・ジャクソンの紹介でウィリアム・ホールがかれを訪ねてきたのである。ホールは創業まもない出版社チャップマン・アンド・ホール社の共同経営者のひとりで、画家に会うとさっそく話を切り出した。――じつはいま当社で月刊分冊（一編の作品を何冊かに分けて毎月刊行する出版形態）でディケンズの小説を刊行中だが、一、二号の挿絵を描いた画家が突然自殺をしてしまった。次号の刊行は一か月後に迫っており、代わりの画家をさがすのに困っている。ついてはぜひともあなたにお願いしたい、というのであった。ホールのいう自殺した画家というのは著名な風刺画家ロバート・シーモア（一八〇〇？―一八三六）のことであり、その衝撃的なニュースはバスも知っていた。しかし、まさかその後釜に自分が指名されるなどとは夢にも思っていなかった。まさに青天の霹靂《へきれき》である。かれは喜ぶどころか、大いに困惑した。

そもそも自分にこの仕事ができるだろうか。これまでに挿絵は何度か描いたことはある。しかし、それらはすべて木版画であり、今回のようなエッチングではない。木版画のばあいは画家は下絵を描くだけで、あとの仕事は彫版師（エングレーヴァー）にまかせる。しかしエッチングは制作の全工程を画家がおこなうのがふつうである。それについてはまるっきり素人である。加えて、いまアカデミーに出展する絵の制作でたいへんに忙しい――。

躊躇するバスを、しかし、ホールは説得した。わが社の窮状を救うのはあなたしかいない。エッチング技法の未熟さについては大目に見てもよい、とにかく助けてほしいと。ホールの説得が功を奏して、結局バスは引き受けることにした。その背景にはシーモアの死にたいする同情もあったし、かれがディケンズのひそかな愛読者であったということもある。ともかくも、ひき受けた以上はやらねばならぬ。さっそくエッチング道具一式を買いそろえ、一からその技術の習得をはじめたのである。もちろん、アカデミーの絵の制作は棚上げにしてである。さいわいつぎの第三号からは四枚の挿絵が二枚になっていた。

バスがここにいたる経緯を少し説明しておこう。このときかれが挿絵を依頼されたのは『ピクウィック・クラブ遺文集』という名の小説で、その作者はチャールズ・ディケンズ（一八一二―七〇）であった。ディケンズはこのとき若干二四歳。駆け出しの物書きで、ついさき頃『ボズのスケッチ集』と題するエッセイ集を出したばかりである。といっても、当の『ピクウィック・クラブ遺文集』はディケンズの創意による作品ではない。死んだシーモアの発案で、かれが得意とする狩猟や魚釣りの滑稽な場面を描いた絵を集め、それに文章（レタープレス）を添えて本にしようというものであった。出版社はその文章の書き手をあれこれ探したが、なかなか適当な人物が見つからず、最後に決まったのがディケンズだったのである。

しかし、シーモアにとってこの人選は不運であった。出版社のホールからこの話を聞いたディケンズは率直に自説を述べた。自分は田舎に生まれ育ったが、狩猟や魚釣りは得意ではない。それにアイディアも何度か使われており新鮮さに欠ける。ディケンズはさらにつけ加えた。「絵が本文から出てくる方がはるかによい。私は人物や情景を自由に使って自分なりにやりたい」と。

要するに、ディケンズは自分が本文を書き、シーモアの仕事はそれに挿絵を添えることだというのである。自分よりシーモアが一〇歳も年長であり、当代一流の人気画家であることも意に介さない。ホールはディケンズの意気込みに圧倒された。この日初めてディケンズに会ったときかれはすぐに思った。「かつて出会ったことのない、聡明で、意志の強い、抜け目のない若者とこれから交渉することになるのだ」と。その予感は的中した。その日、ディケンズのもとを去るときには、この若者の要求をほとんどを受け入れていたように見える。

ホールから説明を聞いたシーモアは激怒したに相違ない。こんな理不尽な話はない。これでは無名のディケンズが主役であり、自分はわき役ではないか――。両者のあいだにたったホールは苦慮した。結局、シーモアの意図したクラブを導入し、登場人物のひとりを狩猟家にすることでディケンズに妥協してもらい、シーモアを説得して、ようやく『ピクウィック・クラブ遺文集』の第一号は刊行された。一八三六年四月一日のことである。

第二号になると、早くもディケンズは自分なりのストーリーを展開させはじめた。ピクウィック氏の一行をロチェスターに向けて突然出発させるし、「道化役者の死」のエピソードまで導入する。シーモアは困惑した。自分の本領は滑稽な風刺画であり、「道化役者の死」のような悲劇を扱ったことがない。そう思いながらもようやく仕上げた下絵は、しかし、ディケンズを満足させなかった。かれはシーモアに手紙を書きやり直しを要求し、ついてはぜひともいちどお会いしたいからつぎの日曜日に拙宅へおいで願いたいと書きそえた。シーモアは思案の末、その日ディケンズのもとを訪ねたが、会見の模様はだれも記録していないのでわからない。

しかし、たしかなことは、この会見によってシーモアは本文に挿絵を添える挿絵画家であることを承服させられたことである。翌日の月曜日、かれは一日仕事部屋にこもって「道化役者の死」の修正に取り組んでいた。翌火曜日の朝、寒いからと妻の同行をこばみ、庭のあずまやへ赴き、猟銃で自殺をとげた。「神経障害」が原因であると新聞は書いた。シーモアの自殺の真意はわからない。しかし、この死はきわめて象徴的であった。画家が作家に主役の座をゆずり、舞台から退場したことを意味するからである。――このあとわき役として舞台に上がったのがバスであった。

ここでバスに話を戻そう。引き受けた以上は精一杯やらねばならないと考えたかれはさし迫った時間のなかで夜を徹してエッチングの制作に励んだ。ようやくできあがった試作品は、しかし、初心者にありがちな欠点が目立ち、試し刷りだけで放棄した。べつの下絵を描き、出版社に見せたらこれでよいという返事であった。

バスが描いた二枚の下絵は「クリケットの試合」と「太っちょの少年、園亭のタップマン氏とウォードル嬢をのぞき見る」の場面である。この下絵をもとに、試作品の失敗を二度とくり返すまいと、バスは細心の注意で仕事にとりかかった。かれがとりかかったエッチングの工程とはいかなるものか。バス自身が書いた文章を参考にしながら説明するとおおよそつぎのようになる。

……表面をスムースにしたエッチング・グランド（銅板もしくは鋼板）にワックスを引き、その上をロウで曇らせる。そこに下絵をもとにエッチング・ニードルで線画を描く。その際影やぼかしの部分を調整し、印刷時に粗削りになるような箇所をなめらかにする。こうしてできあがったものを酸性液に浸し線画の部分を腐食（バイト・イン）する。それを何度かくり返し、絵にアクセントをつける。つぎにグランドのワックスをとり除き、きれいに洗浄して印刷屋へ送る。試し刷りができると、ふたたびグランドにワックスを引き、必要な個所をいまいちど腐食する。それがすむとグランドを洗い、彫刻刀をいれたり、磨いたりして最後の仕上げをする。その後もういちど試し刷りをし、うまく仕上がっていれば出版社へ送る。（バス「私と『ピクウィック・クラブ遺文集』の関係」）

こう書いても、このようにうまくゆくとはかぎらない。なにしろバスはまったくの初心者である。下絵をエッチング・グランドに移す過程で早くも困難に遭遇した。グランドにひびがはいって絵がうまく描けない。原因がわかれば修正もできるが、時間はさし迫っている。やむなく知り合いの彫版師にたのんで、ニードルと腐食の工程をやってもらった。それが失敗の原因であったとバスはのちのちまで考える。できあがったグランド上の線画は自分の下絵にくらべて格段に見劣りがする。背景はよいが、人物がよくない。下絵にあった自由さと力強さに欠ける。しかし腐食はよくできている——。とにかくも、このようにして二枚のエッチングはできあがり、出版社から印刷屋、製本屋へと渡り、五月一日に第三号は無事発行された。バスに不安はあったが、刊行された以上、出版社はこれを容認してくれたものと考えた。その二枚のうちの一枚「クリケットの試合」の方をここに掲載しておこう（図版2）。読者はこれをどのように考えるであろうか。

バスはさっそく次号の挿絵の準備にとりかかった。いずれ、出版社から何かいってくるだろうと思いながら、その間、分冊終了後に出る単行本の表紙の図案まで考えた。ところが、いつまでたっても連絡がない。いったいどうしたことかと不審に思いはじめたある日、一通の手紙がまい込んだ。見ると、ごく短い文面で「ハブロット・K・ブラウン氏に仕事を依頼することにした」と書かれている。一瞬何のことか分からない。しかしやがて自分がクビになったことを知った。まったく予期せぬできごとでバスは唖然とした。のちにこのときの気持ちを回想して書いている。「これがかれらの要求に応じた私の好意にたいする返礼であろうか。私のアカデミーに出展する絵は結局完成しなかった。その償いをわずか三〇シリングの画料ですませようとするのか。私は長年（出版社の）チャールズ・ナイト氏のために仕事をしてきたが、このような非礼で非紳士的な扱いをただの一度も受けたことがない」。憤懣やるかたない気持ちである。

それにしても、なぜ前触れもなくバスはクビになったのか。考えられることは、出版社がバスを起用したのは第三号だけのピンチヒッターだったということである。出

図版2

版社にしてみれば抜け目のない処置だったといえるだろう。しかし、道義上の問題もある。一回だけの採用なのに、以後の仕事を期待させるようなことをいったとすれば、これは問題である。現にバス自身は分冊の最終号まで採用されたものと考えており、証人もおらず契約書もないが、それが暗黙の了解であった。

いまひとつ考えられることは、将来的に採用する心づもりでいたが、バスの制作したエッチングを見て気持ちが変ったということである。これにはディケンズの思惑も多分にからんでいただろう。出版社はバスの挿絵を見て、これは困ると思ったにちがいない。ディケンズも同じ意見だっただろう。急遽、代わりの画家をさがす必要があると考えたのである。たしかに、バスの挿絵は（かれ自身がいうように）下絵をグランドに移す作業と腐食の工程を他人にまかせたために、満足のゆく結果が得られなかったかもしれない。しかし、それにしても、シーモアや他の画家の挿絵にくらべてかなり見劣りがする。ごらんの通り、「クリケットの試合」のなかの人物はどう見ても大きすぎ、角ばって見える。動作も硬直し、ぎこちない。人物のだれもが口を開けたり、間の抜けた表情をしている。――これを見た出版社はバスでゆくか、挿絵なしで第三号を出すか、思案したにちがいない。結局バスでゆくしかないと考えて、第三号の表紙に「たいへんユーモア・センスのある才能豊かな著名な画家バス氏」を紹介した。しかし、それまでであった。バスは解雇され、チャップマン・アンド・ホール社との関係も、そして間接的ながらディケンズとの関係も終わった。バスの描いた二枚の挿絵は以後この作品から一切削除され、「太っちょの少年、園亭のタップマン氏とウォードル嬢をのぞき見る」の方はハブロット・K・ブラウンによって描き直された（ゆえに、われわれは現在バスの挿絵を見るチャンスはほとんどない）。

あまりの屈辱感ゆえにバスはエッチング道具一式と『ピクウィック・クラブ遺文集』に関する下絵や試し刷り類のすべてを引き出しの奥にしまい込んだ。周囲の者には今後一切この件に触れることを禁じた。しかし、バスのすぐれた点は、出版社にたいする怒りはともかく、あとを継いだハブロット・K・ブラウンにたいして決して悪意や嫉妬心をいだかず、ディケンズにたいしては終生敬愛の念をいだきつづけたことである。その後、バスに代わった二一歳の若きブラウンはディケンズに気に入られ、多くの作品に挿絵を描き、ディケンズの愛称「ボズ」にちなんだ「フィズ」の愛称でひとびとに親しまれた。

バスはその後もときおり挿絵を描き、すぐれた才能を発揮したが、結局挿絵画家として大成することなく終わった。晩年、バスは一編の手記「私と『ピクウィック・クラブ遺文集』の関係」（一八七二）を書いた。これを書いた動機は、この小説が語られるとき、つねにかれの失敗作が話題にされることにあった。長い一生がこの一件によって曇らされることが我慢ならず、親として、画家として、正しい事情を子供たちに説明しておく必要を感じたのである。バスがいちばんいいたかったのは、エッチングの制作工程でやむなく他人にまかせ、そのために満足な結果が得られなかったこと、そして時間さえ十分にあれば、出版社もディケンズも十分満足のゆく作品ができたはずだという点にあった。そうしたバスの念願にもかかわらず、かれの名前をわれわれが思い出すのはつねに不成功に終わった二枚の挿絵を描いた画家としてである。

しかし、この話はこれで終わらない。一九八三年、この不運の挿絵画家がまるで不死鳥のように甦ったのである。バスは晩年、病いを患いながら敬愛するディケンズの肖像画を描きはじめた。ディケンズがガッズ・ヒルの自宅書斎の椅子にすわり、自ら創造した登場人物たちを夢見ている作品である。バスの死によって未完成に終わるこの作品は、しかし、一方的ながらバスが長年にわたってディケンズを慕いつづけたことを如実に物語っている。

私が不死鳥のように云々といったのはそのことと関係がある。一九八三年、イギリスは各種紙幣のデザインをいっせいに模様替えした。そのとき、わが漱石のごとく、イギリスの文豪ディケンズも一〇ポンド紙幣の上に登場したのである。しかし、それだけではない。いまもし一〇ポンド紙幣をお持ちの方がいれば、ディケンズの左側にある絵をごらんいただきたい。そこに印刷されているのはまさしくバスの描いたあの「クリケットの試合」の絵なのである（紙幣の絵はさきの挿絵とは左右逆になっていが、これがバスが下絵に描いた通りの絵である）（図版3）。人物は大きすぎ、角ばって見える。動作はぎこちなく硬直し、だれもが口を開けたり間の抜けた表情をしている。しかし、ふしぎなことに、これがじつにモダンでしゃれて見える。まるで

図版3

時代を先取りしていたかのようである。

多くのイギリス人はたぶん、この絵がバスのものであることに気づかないだろう。それがわかるのは、おそらくディケンズの研究家かヴィクトリア時代の挿絵愛好家ぐらいのものである。紙幣には「クリケットの試合、ディングリー・デル対オール・マグルトン、『ピクウィック遺文集』一八三六年より」とあるだけで、画家の名前は印刷されていないからである。しかし、たとえそうだとしても、バスが死後一一〇年目にして復活したことに変わりはない。そしていまや敬愛するディケンズとともに最も使用頻度の高い一〇ポンド紙幣を飾る画家として多くのひとびとに親しまれている。賢明なるディケンスといえども、一度は退けたバスが、これほどまでにわが身と因縁浅からぬ関係にあったとは予想だにしなかっただろう（なお、二〇〇一年の一一月、一〇ポンド紙幣に新しくダーウィンが登場しいまではディケンズ紙幣は使われていない）。

第四章　オックスフォードその他

ボドリアン・ライブラリーの昨今

私はかれこれ一〇年以上、毎夏オックスフォードに六週間から七週間滞在して、もっぱらボドリアン・ライブラリーに通っている。ボドリアン・ライブラリーはボドリーの図書館という意味で、一四世紀にできたこの図書館が一度散逸したとき、これを再興させたトマス・ボドリーの名にちなんでいる（図版1）。最も古い建物の部分をオールド・ライブラリーと称し、一九四六年に新築開館した

図版1

ニュー・ライブラリーと併わせてボドリアン・ライブラリーの主要な部分を構成する。場所は町のほぼ中央にあり、これを取り囲んで建ち並ぶ三〇いくつかのカレッジのいずれからでも歩いていける距離にある。その蔵書数は約七〇〇万冊、いくつかの分館とリーディング・ルームの開架図書を除いて蔵書のほとんどはニュー・ライブラリーの地下書庫に安置され、そこから閲覧用の本は地下のベルトコンベアーでオールド・ライブラリーのリーディング・ルーム（アパーとロウアーがある）へ運ばれる。膨大な蔵書量とオーダー数の多さ故に、本を受け取るまでにすこし時間がかかる。午前中にオーダーした本が出てくるのが午後三時頃、本によっては翌日になることもある。

さて、このボドリアン・ライブラリーに最近少しずつ変化が見え始めた。まず第一に本のオーダーの仕方が変わった。これまでは冊子目録（コンピュータ検索になってからはスクリーン上の検索目録）を見て、著者・タイトル等書誌事項を小さなオーダー・フォームに書き込み、ロウアー・リーディング・ルームに設置された木製ボックスに入れた。それが昨年からコンピュータ・オーダーに変わったのである。これには最初は戸惑ったひとも多かったに違いない。検索には慣れていた私も一度は館員に聞かねばならなかった。

ついでにいっておくと、この図書館は過去に出た本のほとんど（すべて）を所蔵している。その理由はボドリアン・ライブラリーがコピーライト・ライブラリーだからである。これはこの国で出版されたすべての本（コピーライトのある本）を一部受け取ることのできる図書館のことをいい、一七〇九年にイギリスで最初の著作権法が制定されたとき、王室図書館（一七五七年に大英博物館に移管される）、ケンブリッジ、オックスフォードの大学図書館、その他数館にこの権利が与えられた。このうち大英博物館（のちに大英図書館）には形態を問わずすべての本（印刷物）が納められ、大学図書館の方は大学が要求するすべて本が納められることになった（日本では国会図書館のみ）。

これがボドリアン・ライブラリーの蔵書の大きな部分を占めている。しかし、すでにお気づきのようにこの特権には陥穽があった。「大学が要求するすべての本」ということは必要としない本を含まないという意味である。例えば一八世紀に始まった小説というジャンルは初期の四大作家（リチャードソン、フィールディング、スモーレット、スターン）の時代が過ぎると、マイナーな作家によるマイナーな作品が量産され世の厳しい批判にさらされた。当然そのような本を大学図書館が要求するはずがない。大学はいまその種の出版物に高い代償をはらい、過去の空白を埋めようとしている。

さて、ボドリアン・ライブラリーの変化はコンピュータ・オーダーばかりではない。二〇〇四年の夏私の目についたのはあちこちにある張り紙やチラシである。まず「印刷料金」というチラシがある。これはこれまで無料だったコンピュータからのプリント・アウト用紙に一枚五ペンスを徴収するというものである。館内のコンピュータは書籍検索に使うのが建前だが、インターネットやその他の用途にも使える機種が何台かある。傍らにキャノンのプリンターが一台置いてあり、自由にプリント・アウトできたのである。それが八月二日から料金を取るという。この日は私がオックスフォードに着いた日であった！

ちなみに、複写料金の方は前から決まっており、少し割高だがここにしかない本や雑誌の複写であれば仕方がない。これも二年前まではオーダー・フォームで図書館に依頼していたが（たいていは翌日できあがった）、いまは一九〇〇年以後の出版物は自分で複写できるようになった。ただし、本の破損防止のために見開き二ページは不可、一ページずつの複写となり、これが一枚七ペンス（約一四円）。複写機が最初に入ったときは一枚九ペンス（約一八円）だったが利用者の激しい反対に合い、間もなくいまの値段に値下げした。他方、一八九九年以前の出版物については従来通り図書館に依頼し、前述のように料金も高い（一ページ一三ペンス、見開き二ページは倍の二六ペンス）。

つぎは「研究環境を静かに清潔に」というチラシである。これは館内で飲食をしてはならぬ(チューインガム、ペットボトルの水など)、物音は最小限にとどめ携帯電話やノートパソコンは常時サイレント・モードにせよ、修正インク、濡れた傘など本を破損するような物、さらにはポータブル・スキャナーを持ち込んではならぬ、ボドリアンの本は館内で利用し、いかなるばあいも外に持ち出してはならぬというものである。

いずれもいわずもがなのことである。しかし、こういうビラを敢えて出すところを見るかぎり、依然としてこれらを無視する者がいることを物語る。時代の変化も見て取れる。昔はペットボトルも携帯電話もノートパソコンもなかった。ポータブル・スキャナーにいたってはなおさらである。このスキャナーがだめなのはもちろん本を勝手にコピーされては困るからである。しかし、スキャナーを持ち込む者がいたとは！　最後にある、館内で利用云々はボドリアン・ライブラリーが大英図書館と同様リファレンス・ライブラリーであることを意味する。本は館内で読み、帰るときはカウンターに返し、また明日来て利用する。リザーブ期間は一週間、更新もできるが、これもコンピュータ上でおこなう。

つぎは各所に貼り出された張り紙についてである。まず目に飛び込んでくるのは「喫煙は館内のいかなる場所でもこれを禁じる」というものである。当たり前である。ならば以前はしかるべきところで喫煙できたのかというとそうではない。それなのになおもたばこを吸う輩がいるとすればいったいどこで吸うのか？　トイレのなかか？　屋根裏か？

「ペイパーナイフの使用について」という張り紙もある。ペイパーナイフとはなつかしい、というひともいるだろう。わが国ではペイパーナイフを必要とするような本はほとんどお目にかからないが、仮綴にひとしいフランスのペイパーバックは隣り合わせのページがくっついていて、それを切り離すのにナイフが必要だった。それについての張り紙はつぎのように書かれている。「アンカットのページを切り開くために読者にペイパーナイフを提供していたこれまでのやり方を見直すことにした。その間、当館はただちにつぎの方法を導入する。「ペイパーナイフは提供するが、読者は館員のいる前でこれを使い、本をカウンターや館員のいる場所から移動させてはならない」ということは、ペイパーナイフでなにか不都合なことが起こったのだろうか。ボドリアンのそれは、木のとっ手に金属製のナイフがついた、いかにもアンティーク調のものである。私は、この図書館でもまだひとが開いたことがない本があるのかと驚きながら、なん度かこれを使ったことがある。それにしてもこのような張り紙を出す理由はなにか。考えられることは下手にナイフを使ってページを破損した者がいたか、これを使って欲しいページを切り取った者がいたかである。あるいはまた、この魅力的なナイフをそのまま持ち去った者がいたか……。

つぎの張り紙は最近私の大学の図書館でも見かけるようになった「持ち物に注意せよ」というどこにでもあるものである。しかし、なかの一節に「重要な書類など」とあるのはいかにもボドリアンらしい。その昔、私の友人がさるイギリスの大学に提出する博士論文の草稿を何者かに盗まれたことがある。相手は盗んでも一銭の得にもならぬが、こちらは長年のたゆまぬ努力が一瞬にして水の泡である。無念やるかたない友人は新聞に投書して訴えたが、犯人からは何の音沙汰もなかった。この一節はこういう深刻な事件が起こらぬようにとの親心であろう。

以上のほかにもビラや張り紙はたくさんある。ありすぎるほどある。私はこの図書館を使い始めた一〇数年前を思い出す。朝リーディング・ルームにきて、荷物を置いて外に出、夕方帰ってきてもなにごとも起こらなかった。手作りのあの巨大で重い冊子目録をめくって本を探し、一枚一枚鉛筆で書き込んだオーダー・フォームをメイン・カウンター上の小箱にいれたときの館員の笑顔を懐かしむ。ペイパーナイフを気兼ねなく使い、ページを切り離すときの古い紙の匂いやかすかな震えるような音も懐かしい。そして、それよりもずっと昔の学生時代の思い出を語ってくれたイギリスの友人のいたずらっぽい顔を思い出す。友人はかれの友人とふたりで雨など降りようもないリーディング・ルームで傘をさして勉強したのだという。しかし、だれひとり注目する者もいなければ、注意する者もいなかった!

ジョン・ジョンソン・コレクションのこと

ジョン・ジョンソンは収集のマニアである。しかし、ただのマニアではない。かれには哲学があった。しからば、ジョンソンが集めたものとは何か。かれは何でも集めたのである。かといって、この世のなかのものすべてを集めたわけではない。かれの集めたものは紙に印刷されたものすべてである。その種のものであれば何でもよかったが、本は例外である。本以外のすべてのもの——それがかれの収集のターゲットであった。

もっといえば、ジョンソンはひとがクズとして捨ててしまうようなものでもそれが印刷物であれば集めたのである。

図版1 ジョン・ジョンソン

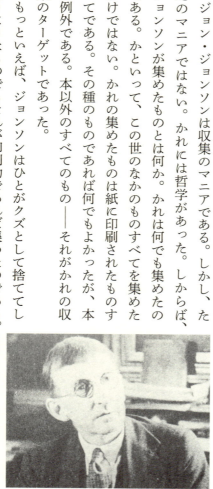

そのコレクションの一部をつぎに挙げてみよう。

1　書籍および新聞の印刷・出版（出版趣意書、雑誌や分冊小説の初号、出版社の広告など）
2　戯画家と戯画
3　挿絵画家とデザイナー
4　印刷業者、活字鋳造者、私家版出版者
5　書籍製造のプロセスと技術
6　鋳造活字の見本
7　装飾活字と飾り文字

いま、挙げたものは何らかの意味で、印刷・出版にかかわっている。じつはジョンソンの収集もそこから始まったのである。第一次世界大戦の開始とともに、ジョンソンはそれまで携わっていたエジプトの古代遺跡発掘の仕事をやめ、知人を頼ってオックスフォード大学出版局に職を得る。ジョンソンは人手の足りない仕事場で朝の四時から夜遅くまで働き、やがて出版という仕事のとりこになった。戦争が終わってもジョンソンは出版局にとどまり、一九二五年には Printer to the University の地位につく。その頃から出版局の大規模な改革が行われ、それに従事したジョンソンは、出版局の歴史の重みを改めて痛感し、過去の諸資料にたいする尊敬の念を深めた。古くて有用なものはいうまでもなく、古くて記念すべきものもすべて保存することにした。その過程でジョンソンはある重大なことに気づいた。出版局には自身の出版物の完全なコレクションが残されていない。それのみか、出版局の重要な資料（ファルコナー・マダン・コレクション）がアメリカのイエール大学に売られている。それを知ったジョンソンのショックは大きく、それから立ち直るためにはその穴埋めの仕事をするしかないと固く決意する。かくして、出版局の諸資料が収集され、やがてそれがジョンソン・コレクションの母体となっていった。右に挙げた印刷・出版関係の資料はコレクションの核をなすものといってよい。

しかし、収集はそれで終わらなかった。出版局の資料を核に、広く一般の資料にまで範囲を広げていったのである。その背景にはジョンソン自身の過去の経験があった。前述のように、かれはエジプトで古代遺跡の発掘調査に従事したことがある。そのときの経験を友人宛のメモにつぎのように書いている。

四〇年以上前、冬の季節、私はエジプトで古代ギリシャ・ローマ都市の瓦礫の山を大勢の農夫たちと発掘し、その時代の書き物、紙くずを探していた。……私はうす暗いくずの山を見ながらしばしば考えた。われわれ研究者が古代について払っているこのような細心の注意をわれわれ自身のイギリス文明の背景に払うためには何ができるかを。

そういった思いがジョンソンにつぎのような行動を取らせた。

私は最初はおどおどと、しかしやがてより確信をもって、この世の寄せ集めと思われる物の収集に取りかかった。その秩序と発展のあとをたどるためである。広告の発達、切手の多方面な関心、雑誌の発展、生活上の短命なるものすべて、これらを射程のなかに入れた。そして、私は大胆にも考えた。ありふれた物であればあるほど、よけいに新しい配列のなかに置くべきであると。……収集は増えていった。写真であれ、スクラップであれ、すべて印刷に関わるものである。

かれの信条であり哲学がこのときできあがった。――今日のクズや一過性のものは必ず明日の資料となる。この哲学を実行するにあたって、かれに予期せぬ幸運が待っていた。印刷物のがらくたを収集する三人の男がオックスフォードにいたのである。ひとりは書誌学者のロバート・プロクター、ひとりは『ボドリアン・ライブラリー年代記』の作者W・D・マックレー、いまひとりはボドリアンの偉大な司書E・W・B・ニコルソンであった。かれらはそれぞれ収集に関してリスの如き本能をもち、その情熱は一般にはホゴやグズと見なされるものに向けられていた。たとえば、プロクターは手に入るすべての汽車やバスの切符、古い領収書や紙袋を集めた。かつてエメリー・ウォーカーがいったことをジョンソンは覚えている。ウォーカーの自室にふた付きの古い室内便器があり、それを「プロクターのくず箱」と名づけ、そこに毎日紙くずを投げ込み、たまるとプロクターのところに運んだということを。マックレーは出版趣意書、図書館のビラのような印刷物に関心を持ち、ニコルソンの収集は印刷された物すべて、たとえば飼い犬の免許状を含め、ジョンソンの目指す方向に最も近いものであった。かれらのコレクションが、全部ではないにしても、幸運にもジョンソンのものとなった。ジョンソンはいっている。「しかし、誰よりも多く集めたのはたぶん私であろう」と。その収集についてかれはつぎのようにいっている。

ふつうは使用後にホゴ箱に行くすべてのもの、書物以外のすべての印刷物としかいいようがない。べつのいい方をすれば、博物館や図書館がたとえ寄贈されても一般には受け取らないものすべてである。したがって、コレクションは他のなにものをもってしても埋めることができないギャップを埋めたことになる。——私が思うに、これらのコレクションは文字通り世界に類を見ないものであろう。

すでに集まったもののなかには、バスのキップや名刺や葉巻のバンドのような小さなものから、ブロードサイド（瓦版）や一枚物の風刺マンガなどの大きなものまで、また社会生活の面ではあらゆる交通機関（バスや電車や自動車など）、社会政治的な面では女性参政運動のビラや街頭広告、コミュニストやファシスト運動の宣伝文にいたるまでじつにさまざまなものがあった。ジョンソンはいう。「私はすべてにチャレンジする。——われわれがその記録を残すことのできないものすべてに」。

すべてを集めるには多くの冒険と、そしてなによりも友情がなくてはならない。ジョンソンは、土曜日の午後はロンドンのある地下室にこもり、日曜日はあるコレッジの使われない屋根裏部屋にいた。ある屋敷が取り払われるときには、そこから出た多くのホゴをもらい受けて感謝されたり、突然の寄贈に出会ったこともある。一九〇〇年代初期のタバコのおまけカードがほとんど手に入らず、カード集めの揺籃期だったこの時代のものはほとんど消滅したのではないかとさえ思っていた。ところがその数日後、ボーア戦争時代の有名な「オグデン・ギリア・ゴールド」カードがセットで二五〇枚も一挙にジョンソンのもとに舞い込んできたのである。

友情もかれに味方した。「このコレクションにとって友情は始めであり終わりである」とジョンソンはいう。多くの友情のなかでとくに注目すべきはストリックランド・ギブソンとの友情であった。ギブソンは出版局の歴史の研究でジョンソンと協力関係にあったばかりでなく、ボドリアン・ライブラリーのベテラン・スタッフとしてライブラリーとジョンソンの間をとり持った。とくにライブラリーが短命な出版物にたいして好意を示さなくなった時期にそうであった。じじつ、一九三〇年代初期、ライブラリーは本を置くスペースで深刻な問題に直面した。このとき、短命な出版物の無差別な収集を疑問視する意見が強まり、あげく各種出版社や書店のカタログを多数失うという結果を招いた。こういう事態をギブソンは大いに憂慮し、状況が許すかぎり、ジョンソン自身がそう名づけた「印刷の聖域」に文献をできるだけ移すことにした。ジョンソン・コレクションのなかにライブラリーの廃棄スタンプのあるものが多いのはそのためである。

この他にも多くの友情や協力によってコレクションはその種類と数を増やしていった。第二次世界大戦が始まると、ジョンソンは出版局に寝起きし、コレクションが唯一の気晴らしとなった。朝早くや夜遅くに、また通常の出版局の仕事の僅かな時間を盗んで、かれの「キャビン」に入り、分類や台紙張りに精出した。この間、自宅とは手紙でやり取りをし、知人や友人との文通も楽しんだ。

ところで、ジョンソンは気づいていた。どんなライブラリーでも、いく分かの短命な文献は収蔵している。しかし、それらはどれひとつとしてシステマティックに分類されていない。適当な場所に付随的に入れられているだけである。オックスフォードのボドリアン・ライブラリーにしてからがそうである。クズの山はそれが整理されないかぎりただのクズである。ジョンソンは混沌を秩序に変えるために科学的な手法を使った。収集したクズの山を分類・整理したのである。このようなことはあとにもさきにもない。

まことに希有なことである。そのように整理された文献をつぎに見てみよう。さきに挙げた印刷・出版関係のもののつぎに、つぎのようのものが挙げられる。

8　こよみ
9　招待カード、名刺
10　チャップ・ブック、ポピュラーな歌集
11　商業用の請求書
12　ブック・ジャケット（日本でいう本のカバー）
13　ブロードサイド（瓦版）
14　商業用のカタログ
15　封筒
16　書式用紙
17　レター・ヘッド
18　地図
19　マーブル紙

20　芝居のビラ、プログラム
21　コンサートのプログラム
22　本のタイトル・ページ
23　ビジネス・カード
24　トレード・マークおよびラベル
25　バレンタイン・カード、クリスマス・カード
26　習字教本
27　その他（栞、証明書、たばこカード、紙袋、はがき、ポスター、領収書など）

これ以外にも、遊びや娯楽、式典（葬式を含む）、各種商品の広告、紙幣、賭博、女性参政権運動、宗教、切手、はがき、電報、電話、各種協会、旅行、交通、などなど、およそ印刷された物ばかりである。これらがすべて、紙挟みや型紙の大きな箱に入れて分類・整理されているのである。

一九六八年五月、ジョンソンの「印刷の聖域」にあったコレクションはいよいよボドレアン・ライブラリーに移されることになった。それはライブラリーの重要な一部分と

なったばかりでなく、専用の特別室まで設けられたのである。かくして一過性の印刷物にたいする過去の偏見は払拭され、ジョンソンの収集の哲学――今日のクズや一過性の物は必ず明日の資料になる――は現実のものとなって日の目を見た。それればかりではない。いまや多くの利用者が日々ここを訪れ、かぎりない恩恵を被っている。印刷や出版の分野のみならず、歴史、社会史、文化史、その他多くの分野の研究者にとってその利用価値ははかり知れないのである。私自身、オックスフォードに行けばかならず訪れるこの部屋（ボドリアン・ライブラリー新館一三二号室）で、じつに多くの珍しい文献や資料に出会うことができた。イギリスでこの幸福が味わえるのはここだけである。

翻って、わが国はどうであろうか。これまでこのようなコレクションがあるという話を聞いたこともないし、これからできるという話も聞いたことがない。すでに手遅れかもしれないが、資料の多くが散逸してしまわないうちに何とかならないものだろうか。

本の盗難とセキュリティ

　私はここ一〇数年間、夏休みを利用してオックスフォード大学のボドリアン・ライブラリーに通っている。夏のイギリスは涼しく（寒いこともある）、猛暑の日本を逃れるには最適の場所である。その上、オックスフォードにはイギリスというより世界でも有数の蔵書量を誇るボドリアン・ライブラリーがある。そのために夏休みになると世界中から大勢の学者や研究者が集まってくる。ここは（ケンブリッジと違い）本の貸し出しはしないが、その分、どんな本でも書庫から出して自由に読ませてくれる。インキュナブラのような本であっても、豪華な装丁本であっても、オーダーさえすれば目の前に現れる。閲覧しているあいだ図書館員が目を見張らせて監視しているということもないし、本を机の上に置いたまま席を離れることもできる。トイレは一階にしかないので、利用する階が二階（ロウアー・リーディング・ルーム）であれ、三階（アッパー・リーディング・ルーム）であれ、そこへ行くためにはしばらく席を離れなければならない。ときには昼食を取りに館外に出てしばらく帰ってこないときもある。利用し終わった本はカウンターに返却するが、必要なら数日間リザーブしておくこともできる。

さて、私がいま書きたいのは、そういうことではない。この図書館のセキュリティの問題についてである。ひとたび館内に入れば、いま述べたように本は自由に利用できるが、それにいたるまでには通るべき関門がある。まず、館内（リーディング・ルーム）に入る前に第一の関門がある。館内に通じる通路を通るときカード読み取り装置に自分の閲覧カードを通し、さらに持っているバッグの中身を見せることになる。

バッグの中身を見せるのは簡単だが、なぜ中身を見せなければならないのかわからない。私のばあいバッグのなかにはいつも本やノートやカメラやその他様々なものが入っているが、一度もクレームをつけられたことがない。他のひとの持ち物もみな大同小異で、かれらもまた問題なく通過している。まさか時限爆弾や手榴弾を持ち込む者はいないだろうし、ペットボトルをもちこんでも館内で飲まなければよいのである。もともとバッグの中身の点検はセキュリティのためなのだから、図書館の本の有無をチェックするだけでよいのである。出るときならいざしらず、入るときに持ち込む者はいないだろう。さて、この関門を無事に通れば、あとは自由である。物をたべたり水を飲んだりたばこを吸わないかぎり何をしてもよい。パソコンの利用も自由である。どの座席にもパソコン用の電源とランコードのコンセントが設置されている。

つぎに第二の関門は館外に出るときである。ここでもう一度バッグの中身を見せるが、これは当然やるべきであろう。ボドリアン・ライブラリーの本には磁気テープが挿入されておらす（本が多すぎるせいである）、無断で持ち出すとき警報が鳴らないからである。バックの中身を点検され、問題がなければもう一度閲覧カードを読み取り装置に通して（この必要性については問題がある！）館外に出ることになる。

さて、ここで差し止めされ、バックに図書館の本が発見されたらどうなるか。おそらく特別に厳しい罰則が科せられることは目に見えている。が、私はそういう経験がないし、他の誰かが厳罰にあったという噂をきいたこともない（おそらく隠密裡にことは処理されるのであろう）。しかし、何らかの方法で誰かが本をうまく持ち出したとしても、所詮は無駄であろう。なぜなら書庫から出してもらった本はすべてコンピュー処理され誰がオーダーしたか記録されており、紛失しても誰が犯人かすぐに特定できるからである。しかし、問題なのは開架式にある本であろう。どの階にも一般的な参考図書や基本的なテキスト類は書架に置かれており、誰でも手にとって見ることができる。利用するとき書名と利用者名を書いた簡単な紙片を本のあった場所にさしこんでおきさえすればよい。したがって、この手続きをしないで館外に本を持ち出せば誰が犯人か全くわからない。警戒を要するのは開架式の本で、おそらくかなりの本が紛失したであろうと推測される。

しかし、私は知っている。書庫の本でもなくなっているものがあるということを。おそらくこれはコンピューターによる処理以前のことだと考えられるが、何度オーダーしても「ミッシング」という返事しか帰ってこない本がある。こうなったらあきらめるしかない。他の図書館、たとえば大英図書館に行くか、インター・ライブラリー・ローンを利用して他から借りるしかない。ブリテッシュ・ライブラリーなら、ない本はないといってよいが、そもそも私たちがボドリアン・ライブラリーを利用するのはこの図書館もまた、ない本がないといわれているからなのである。であるから、「ミッシング」とわかったときの憮然たる思いは推して知るべしであろう。

いま述べたのは本そのものがなくなるばあいだが、本はあってもそこに挿入された地図、図版、挿絵等がなくなるばあいがある。破り取られたり、カミソリで切ったかのようにきれいに切りとられている。こういう本に出くわすと、とくに希少本であったり、久しく見たいと思っていた本であったりすると、憮然とするだけでなく、涙さえ出てくる。その日一日が暗澹たる思いに支配されるのである。

2

ボドリアン・ライブラリーにかぎらず、所蔵本、図版、挿絵類の盗難は昔からよくあった。しばしば被害に会うのは写本や古版本、古地図や色刷り図版である。かつてオックスフォードのクイーンズ・カレッジの図書館（カレッジの図書館は本館とは別である）に入った泥棒はボイデルの『テムズ河』（図版で有名）に目をつけた。ところが、あいにく第一巻がなく、第二巻だけで満足せざるをえない。その腹いせのせいか、かれはアッカーマンの『ケンブリッジ』（これも図版が有名）を持ち去った！

盗難本がしばしば持ち込まれるのは古書店である。あるときオックスフォードのブラックウェル書店の古書部に三〇数巻の本が持ち込まれ、そのなかにジョン・ロックの

『人間悟性論』があった。それを見た感の鋭い一店員がこれは世に二、三冊しかない希少本で、ふつうの収集家が持てるような本ではないことに気づいた。そこで代金は後払いにし、一時あずかることにして、ただちに専門家の鑑定を仰いだ。案の定、それはオックスフォードのあるカレッジの所蔵本であることが判明した。ところが、当のカレッジはその本が紛失したことに気づいていなかった。

ケンブリッジでも同様のことがあった。老舗の古書店ギャラウェイ&ポーターが、あるとき『カーティス植物雑誌』十四巻（図版に価値がある）、W・B・イェーツの初版本一冊が盗まれ、その後なんの情報も伝わってこなかった。ところが二年後にケンブリッジ大学発行の『ケンブリッジ・ニューズ』に小さなコラムが掲載された。それによると、さるカレッジの図書館わきの自転車置場に不思議な郵送小包が置かれていた。開けてみると、前述の本がなかから出てきた。小包は宛て名（あるアイルランドの大学宛）は書かれていたが、切手が貼られていなかった。犯人は郵送しようとして途中で断念したか、切手を買う余裕がなかったか、あるいは小包の置き場所を忘れたか、謎のままである。

老舗のロンドンの古書店マッグズ・ブラザースに、あるとき表紙裏に自店のカタログ番号が鉛筆書きされた彩色本が持ち込まれた。ただちに過去のカタログを調べた結果、この本は昔リヴァプール大聖堂図書館に売ったものだということが判明した。ただちに大聖堂当局に連絡し最近売却したかどうか問い合わせてみた。ところが、ここでもまた本の紛失に気づいていなかった。

しかし、紛失本はかならずしも盗まれたものだとはかぎらない。オックスフォードの古書店ローゼンソール（いい店だったが今はない）の主人が一五世紀イギリスの写本をスイスの古書店で見つけて、ボドリアン・ライブラリーの西洋写本室のドクター・ハントに鑑定を依頼した。数日後ハントは、一〇世紀初頭に刊行されたケンブリッジ大学、クイーンズ・カレッジの蔵書目録を持って書店を訪れ、そこに載っている当該の写本を指し示した。さっそく店主はクイーンズ・カレッジの図書館に手紙を書き、その写本を売ったかどうか確かめた。翌日電話があり、売った覚えはない、ただちに返却してほしいという。図書館が所蔵を確かめたのは一九四五年のことで、以来紛失の事実に気づいていなかったのである。さらに調べたところ、次のようなことが分かった。これはローゼンソール古書店が手に入れる前にふたりの所有者がいた。ひとりはサザビーのオークションでこれを買っていた。その前の持ち主はオークションに持ち込んだケンブリッジのある古書店であった。となると、あやしいのは古書店だが、その古書店主は人格高潔な紳士として有名である。その後ようやく犯人はクイーンズ・カレッジのフェローであることがわかった。かれは図書館の本を特別、自室に持ち込む許可をとり書棚においたまま死亡したのである。それが他の本と一緒にさきの古書店に売却されたのだが、たまたまその本にはカレッジの所蔵印が押されていなかったのである！

これは貴重な写本が盗難の汚名から免れた例だが、希少本を持つ大学図書館が盗難の標的になるのは珍しいことではない。アメリカでも同じで、ハーヴァード大学のハウフトン・ライブラリーでは一九七三年に大量の初期版本や彩色写本が盗難にあった。さいわいのちに取り戻すことができたが、最も有名なのは『グーテンベルグ聖書』の盗難未遂事件である。出版史上あまりにも有名なこの本を盗むことなど考えられないが、盗む者がいたのである。しかし、かれらは思わぬ誤算をしてしまった。この聖書の重さを知らなかったのである。あげく本の重さとかれら自身の重さに耐えきれず盗難用のロープがきれてしまったのである。なんと犯人はギリシャ正教のふたりの牧師であり、かれらは盗んだ聖書をかたに補償金を取り、鉄のカーテンの向こう側にいる仲間を救おうとしたのであった。

補償金目当ての盗人は多いが、やはり多いのは、転売して金を稼ぐプロの窃盗犯と、本に異常な執着心を持つ愛書家である。手口はブリーフケースやレインコートに隠したり、衣服の裏側に特製のポケットを作ったり、ズボンやソックスのなかにすべりこ込ませたり(小型本等)、腹に巻きつけたり(版画等)とさまざまである。

古書店主が驚くのは手口ばかりではない。窃盗犯の素性もまた驚くに値する。長髪で不精髭をはやした怪しい身なりの客がいたら誰しも警戒するであろう。あるときひとりの怪しげな若者が大量の本をカウンターの上に積み上げた。これは怪しいと警戒したが、かれは爵位を持つ大金持ちであることが判明した。

むしろ警戒を要するのは身なりの立派な紳士らしき(というより紳士なのだが)の方である。じじつ窃盗犯の紳士は驚くほど多い。ある古書店で著名な学者が店の片隅に長時間いたので店主は怪しいと思い、かれの身体検査をすべきかどうか迷った。紳士が窃盗するのは貧乏だからだというわけではない。むしろ金持ちの紳士が多いのだが、こと本になると魔がさしてわが身を忘れてしまうらしい。

本の盗難に頭を悩ませるイギリス古書籍協会と図書館協会古書籍部門は、一九七二年に特別委員会を作り、書籍盗難防止について議論した。セキュリティの専門家を招き、あらゆる可能な防止策について話を聞いたが、有効な手段はなく、結局最良の方法は貴重本を金庫にいれておくことだという点に落ちついた。落ちはそれだけではない。特別委員会が議論しているあいだに、ひとりの古書店主の高価な希少本が盗難にあったのである！

イギリスのブック・フェア

ブック・フェアとは本のお祭りという意味だが、日本でいえば古書市のことである。日本では古書市の数が、とくに地方では、最近少なくなっているようだが、私の知るかぎり、イギリスでは格別盛んなように思われる。毎月決められた日にどこかでフェアが行われている。そのための組織があり、その組織が各地でフェアを企画するのだが、組織はひとつではない。大小各種の組織があり、それらが各地でフェアをやり、同じ場所であることはほとんどないので、イギリス全土のあらゆる主だった場所でフェアがおこなわれることになる（図版1）。各古書店はいずれかの組

図版1

織に加入し、フェアに参加する。場所は各地の集会場や公共の建物を使い、その気になれば、毎週、ときには毎日、どこかのフェアに出かけることもできる。

私も若いころはよく各地のフェアへ出かけたが、今ではそんな元気もなくなり夏、イギリスに来たとき一、二回出かける程度である。しかしこういうと、誤解されやすいのだが、じつは夏、とくに八月はもともとフェアの数が少なく、行こうと思ってもいけないのが実状なのである。古書業者も他の多くのイギリス人と同じで、一斉にホリディに出かけてしまう。出かけると二、三週間は帰ってこないので、フェアを開くわけにはいかないのである。

ところが、どういう風の吹きまわしか、ありがたいことに毎年八月にはロンドンで二つのフェアが行われる。しかも同じ第二日曜日に、場所もほとんど目と鼻の先で開催されるのだから、古書愛好家にとっては干天の慈雨といってよいだろう。私は夏にオックスフォードに行くと、バスに乗ってロンドンの二つのフェアに行くのを楽しみにしている。このチャンスを逃せば八月はもう他にフェアはないのだから見逃すわけにいかないのである。ひとつはロイアル・ナショナル・ホテル、もうひとつは歩いて数分のホリデイ・イン（数年前まではラッセル・ホテルだった）が会場で、ともにラッセル・スクエアに近い町の中心にある（分かりやすくいえば大英博物館の近くである）。

前者はＨＤフェアという組織が行い、後者はプロヴィンシャル・ブックセラーズ・フェアーズ・アソシエーションという組織が行う。規模の点では甲乙つけがたいが、本の保存状態や美観の点では後者の方が多少勝り、その分値段も高い。前者の会場は何やら雑然としていて、私の書斎を見るような思いだが、後者は整然とした由緒ある図書館に行くようなおもむきがある。私の好みはもちろん前者であり、収穫の点からいってもこちらの方が多い。といってもこれはひとによりけりである。

これらのフェアでかつては日本人をよく見かけたが、最近ではずいぶんと数が減ってきた。理由はよくわからぬが、ひとつにはイギリスの通貨がやたらに高くなったことと関係があるらしい。以前オックスフォード近郊の結構名の知れた古本屋にいったとき、主人がこぼしていたことを思い出す。かつてはカタログを送ると大勢の日本人が本を買ってくれたが、ポンドが高くなったとたんに注文がぴたりととまってしまったと。フェアについても同じことがいえるのであろう。

しかし、ポンドが高くなり本が買いにくくなったことはたしかだが、フェアの魅力は主人と値引き交渉ができる点にある。フェア用の値段を付けているとは思えず、にもかかわらず交渉によってはかなりの値引きが可能になる。

この点は日本の古本屋と大いに違う。もともと値段があってなきがごとき古本なのに、どの古本屋もけっして負けようとはしない。値引き交渉などすれば、あきれ顔をされるか、軽蔑の眼差しさえ返ってくるのが通例である。再販売価格維持制度で売られる新本と同様古本も値引きはないというつもりなのかもしれないが、すこしはイギリスの古本屋を見習ったらどうだろう。

あるフェアで馴染みの古本屋の主人が私にいったことがある。「君はこれまで一度だって付け値で買ったことがないねえ」と。そう、値引き交渉をするのもフェアの楽しみのひとつなのである。オックスフォードのアンティーク・ショップ（多数の古物商が出品し、なかに一軒品揃えのよい古本屋がある）のように、キャッシュで支払うと必ず一〇パーセント負けてくれるところもある（ただし、客がだまっていたら負けてくれるかどうかは試していないのでわからない）。

さて、フェアでなによりもありがたいのは、同じ場所で多数の古本屋の本を見ることができる点にある。上記のフェアも八〇軒、ときには一〇〇軒の古本屋がイギリス各地から集まり、大きな会場を埋め尽くす光景はまさに壮観といってよい。客の方もまた大変である。一軒一軒をしらみ潰しに見てゆくと、時間がいくらあっても足りない。途中で一休みする気にもならず、思わぬ本との出会いを求めて疲れた体に鞭打つのだが、見終わったあとはほとんど茫然自失状態である。手にもつ本の重さも身に応える。

さきにのべた同日のフェアになると、同じことを二回くりかえすことになるのだから、これはもう苦行に近い。それでも最後の一軒を見るまでは一日が終わらないのである。この点、イギリス人の体力は驚くべきものがある。二つのフェアを見終わってもなに事もなかったように平然としている。これらのフェアは時間差が設けてあり、ひとつは一〇時から、他は一二時からということになっている。これは二時間もあればひとつのフェアを見終えて、つぎに移れるという主催者側の配慮であろう。じじつこの点でもイギリス人の早業にはびっくりする。一二時になると一斉に会場から姿を消し、つぎの会場へと足早に向かう。おそらくつぎの会場でも二時間くらいかけて見終えるのであろう。

フェアにくるイギリス人で気づくのは、結構年寄りが多いということである。杖を手に持つ老人から、かくしゃくたる老人までさまざまだが、驚くのはそういう老人が多くの本を買い込んでいることである。われわれの感覚からすれば、もう蔵書を整理してもよいような歳になってもまだ本を買いつづけているということになるのだが、ああ、このひとたちは自分の歳など考えず、死ぬまで本を読みつづけるつもりなのだな、と思ってしまう。その点、六〇歳を境に本を買い控えるようになった知人のことや、停年になると蔵書を整理してしまった同僚のことなどを思い出し、この辺に生きる姿勢の違いを感じてしまう。その点、六五歳を過ぎてもなおフェアにせっせと通う私は、もう理屈抜きに「そこにフェアがあるから」足が向かうのだとしかいいようがない。買う本が読めるかどうかなどはあまり考えないのである。もっともそうはいいながら、最近は買う本の量が減ってきたことは否定できないが。

古書市に行くのはもちろん老人ばかりではない。老若男女さまざまだが、面白いのは本を見るかれらの、しぐさに見られるちょっとしたくせである。本棚の前に立つと、かれらは一様に首を右側に傾けて本を見る。この様子をはじめて見たとき、私は動物園で似たような動物に出会ったような気がしたが、いまもって思い出せない。要するに洋書を縦に並べると、背の文字が縦並びになるので、それに合わせて首をかしげるということなのだが、それにしても日頃見慣れている英語を見るのに、まるで小学生のようなしぐさをするイギリス人とはおかしなものである。これはもちろん町の本屋でも公共図書館でも見られるある意味ほほえましい光景である。

私は横文字の縦並びはたいして気にならないが、やっかいなのは革表紙の装丁本である。これらは買ったひとが装丁業者に頼んで特別に装丁してもらったものだが、本の装丁が立派なわりには、背の文字（金箔押し）が読みにくい。装丁に気を遣っても、背文字にまで神経が行き届かないらしく、そのような本の前にさしかかると、私は素通りしてしまうことが多い。そのためこれまでに多くの珍しい本を見逃してきたような気がする。

支払いについては、クレジット・カードが日常的なこの国で、フェアの古本業者はほとんどこれを扱わない。使えるのはキャッシュかチェック（小切手）だけで、これでは通常小切手など使わない（持っていない）われわれ日本人はお金の足りないとき困ってしまう。銀行のキャッシュ・コーナーに行くのも面倒だし、第一どこにあるかわからない。結局、欲しい本を目の前にして涙を呑むしかないのである。私はさいわい小切手帳を持っているが、イギリス人のように常時携えているわけではないので、いずれ無念な思いをするのは同じである。

フェアについては語ることが多い。しかし、おしなべていうとイギリスのブック・フェアは健在である。しかし、一方では町の古本屋がどんどん姿を消していっている。フェアの健在ぶりと町の古本屋の消滅はいまのイギリスの古本業界の姿を反映しているように思われる。

参考文献

Frederick Miller, *Pictures of Wallace Collection*, New York, Dutton, 1902.

Graham Balfour, *The Life of Robert Louis Stevenson*, in 2 vols, New York, Charles Scribner's Sons, 1906.

稲垣瑞穂『漱石とイギリスの旅』吾妻書房、一九九四。

An English Miscellany, Presented to Dr. Furnivall in Honour of his Seventy-fifth Birthday, Oxford at The Clarendon Press, Oxford, 1901.

Frederick James Furnivall, A Volume of Personal Record, Oxford, Oxford U.P. 1911.

「漱石の下宿記録見つかる」『中日新聞』、二〇〇二年一月五日。

Arnold Parker, *Ping Pong. How to Play It*, London, R.F. Fenno. 1902.

藤井基男『卓球――百二十年の歩みをエピソードでつづる世界卓球文化史』卓球王国、二〇〇三。

中野吉平『俚諺大辞典』東宝書院、一九三三。

Richard Inwards, *Weather Lore*, London, W. Tweedie, 1869.

The Oxford Dictionary of English Proverbs, Oxford, Oxford U.P., 1970.

常名鉾二郎編『日英故事ことわざ辞典』朝日イブニングニュース社、一九八三。

平田禿木『禿木随筆』改造社、一九三九。

牧野義雄『滞英四十年今昔物語』改造社、一九四〇。

Yoshio Markino, *The Colour of London*, London, Chatto & Windus, 1906.
Yoshio Markino, *The Colour of Paris*, London, Chatto & Windus, 1908.
Yoshio Markino, *The Colour of Rome*, London, Chatto & Windus, 1909.
Yoshio Markino, *Oxford from Within*, London, Chatto & Wingus, 1910.
Yoshio Markino, *My Idealed John Bullesses*, London, Chatto & Windus, 1912.
野口米次郎『霧のロンドン』玄文社出版部、一九二三。
『知られざる正統――原撫松展――伝えられた英国絵画のこころ』展覧会カタログ、岡山県立美術館、一九九七。
『生誕一二〇年記念　下村観山展』展覧会カタログ、小田急美術館、朝日新聞社、一九九三。
Yoshio Markino, *My Recollections and Reflections*（述懐日誌）、豊田市教育委員会、一九九一。
『柔道大辞典』アテネ書房、一九九九。
『大日本柔道史』講道館、一九三九。
'Apollo'（William Bankier）, *Ju-jitsu: What It Really Is*, London, Apollo's Magazine, 1904.
Ken Smith, *Judo Dictionary*, London, F. C. Avis, 1968.
Vivien Greene, *Vivien Greene's Doll House Collection*, London, The Overlook Press, 1995.
Vivien Greene, *Laurel for Libby*, Oxford, The Bodleian Library, 2006.

あとがき

ここまで読んでいただいた読者の皆さんには心から感謝申し上げる。読みづらい文章だったと思うがよく辛抱してくださったと。

近頃では漱石のことをやり始めたせいか、漱石という文字があるだけで思わず目を止めることが多くなった。とくに昨今では漱石死後一〇〇年、漱石生誕一五〇年に当たる年というので、ほとんど毎日漱石の文字に出くわし、うれしい悲鳴をあげている。

私が漱石について調べているのは今から百十数年前、漱石がイギリスに留学した頃のことである。漱石の日記や書簡を読み、調べているうちに思わぬことに出くわす。ちょっと疑問に思ったり気になることだったりするともっと調べてみたいと思うようになる。

漱石が日記のなかに「Dr Furnivall ニ遭フ」と一行書いていると、さてこのひとは誰であろうかと註を調べてみてもわからない。そこで早速オックスフォードのボドリアン・ライブラリーに当たってみるのである。そしてけっきょく最後に行きついたのが一冊の追悼文集であった。読むと多くの人が多方面から博士の業績や人となりを書いており、いかなる人物であったかが一目瞭然である。一言でいえば博士はイギリス英文学界の最長老であった。漱石が会ったのは留学一年目の終わりころのことだったので、世話好きの博士からたぶん受けたであろう好意についてははっきりしない。二年目の日記はつけていないからである。しかし博士のことは気になっていたらしく、帰国後その死を知って日記に書きとどめているのをみてもわかる。

この種のことはその都度、何らかの解決にたどり着くことが多いが、私がいま悩み続けている問題がある。漱石は滞英中ロンドンを離れて旅行したのは到着直後のケンブリッジと帰国真近い頃のピトロクリの二回きりということになっている。果たしてそうだったのかというのが私の疑問である。そう思う根拠になったのは東北大学附属図書館に保存されている漱石の描いた絵ハガキである。そこにはオックスフォード大学モードリン・カレッジが描かれており、これは雑誌 *Studio*（一九〇四年二月一五日）に掲載されたカレッジのスケッチを見て漱石が描いたものではないかという（『文豪・夏目漱石——そのこころのまなざし』朝日新聞社、一九〇七年九月三〇日）。両者はたしかに構図は似ているが、細部にわたっては疑問点が多い。そこで結論を急ぐようだが、私が思うのは、漱石は実際のカレッジを見た印象を描いたのではないかということである。ケンブリッジを見ればオックスフォードも見ておきたい。とくにその塔で有名なモードリン・カレッジはぜひとも見ておきたいという気持ちは自然である。汽車でいけばケンブリッジよりも近い。朝出れば夕方には十分帰って来れる距離である。

これはもちろん私の仮説である。仮説を実証するためにはどうすればよいか。それを考えるのが私の現在の最大関心事である。そのためにはもう一度オックスフォードに行く必要があるだろうと考えているが、齢も歳だからいつになるかわからない。

さて、なんだか「あとがき」らしくない文章になってしまったが、この辺で本来の姿に戻そう。この本のもとになる原稿は『朝日新聞』や岩波書店の『図書』などに載せたものが多い。であるからすでに読んだことがあるとおっしゃる方もあろうかと思われるが、今あえて本にしたのは、それらに加えて今回新たに書き下ろした「ピンポンをする漱石」や目にすることが少ない『柔道』などという雑誌に載せた文章を見てもらいたいと思ったからである。

出版するにあたっては松柏社の森信久さんの多大なる好意と熱意に感謝したい。そして多分少数であろうが、私の書くものに関心を寄せてくださっている読者の皆様にも深甚の感謝の意を表したい。

二〇一七年四月

清水一嘉

初出一覧

第一章　漱石あれこれ

グルーズの絵と漱石　『朝日新聞』一九九八年一一月七日

漱石とスティーヴンソン　『朝日新聞』一九九〇年七月六日

「Dr. Furnivall ニ遇フ」『図書』二〇〇三年一一月

漱石のロンドン——ブレット家の七か月　『国文学』二〇〇六年三月

ブレット家の女中ペン　『図書』二〇一一年七月

ピンポンをする漱石（新稿）

漱石とイギリスのことわざ　『図書』一九九九年一月

漱石、鈴木禎次、「ザ・チェース八一番地」のことなど　『図書』一九九六年一二月

第二章　漱石と同時代の人々

漱石と牧野義雄　『FOCUS』21号　二〇〇八年三月

ロンドンの日本人画家——原撫松のことなど　『FOCUS』22号　二〇〇九年三月

ユキオ・タニ——「日本の柔術使」『柔道』二〇〇四年九月

第三章　イギリスあれこれ

酒飲みの国イギリス　『図書』二〇〇六年六月

ヴィヴィアン・グリーン　『図書』二〇〇七年四月

ある挿絵画家の復権　『図書』二〇〇二年五月

第四章　オックスフォードその他

ボドリアン・ライブラリーの昨今　『図書』二〇〇四年一一月

ジョン・ジョンソン・コレクションのこと　『図書』二〇〇一年一月

本の盗難とセキュリティ　『英文会誌』一六号　二〇一一年三月

イギリスのブック・フェア　『図書』二〇〇八年四月

◎著者略歴

清水一嘉（しみず かずよし）
一九三八年神戸市生まれ。東北大学文学部卒業。同大学文学研究科修士課程修了。現在、愛知大学名誉教授。専攻は英文学、英国文化史。〈著書〉『作家への道——イギリスの小説出版』『イギリス小説出版史』（ともに日本エディタースクール出版部）、『イギリスの貸本文化』（図書出版社）、『近代出版の諸相——コーヒーハウスから書評まで』（世界思想社）、『挿絵画家の時代——ヴィクトリア朝の出版文化』（大修館書店）、『自転車に乗る漱石——百年前のロンドン』（朝日新聞社）他。

漱石とその周辺——一〇〇年前のロンドン

二〇一七年十月十六日　初版第一刷発行

著　者　清水一嘉
発行者　森信久
発行所　株式会社 松柏社
〒一〇二-〇〇七二　東京都千代田区飯田橋一-六-一
電話　〇三（三二三〇）四八一三（代表）
ファックス　〇三（三二三〇）四八五七
Eメール　info@shohakusha.com
http://www.shohakusha.com

装幀　常松靖史［TUNE］
組版　戸田浩平
印刷・製本　倉敷印刷株式会社
ISBN978-4-7754-0244-3